26城记

蔡天新 著

Amsterdam
Barcelona
Casablanca
Dimashq
Esfahan
Firenze
Geneva
Havana
Istanbul
Jerusalem
Kyoto
London
Medellín
New York
Oslo
Paris
Quebec City
Rio de Janeiro
Sarajevo
Toledo
Ulan Bator
Varanasi
Wien
Xi'an
Yerevan
Zurich

中信出版集团 | 北京

图书在版编目（CIP）数据

26城记 / 蔡天新著. -- 北京 : 中信出版社，
2019.8（2022.1重印）
ISBN 978-7-5217-0277-4

Ⅰ. ①2… Ⅱ. ①蔡… Ⅲ. ①游记-作品集-中国-
当代 Ⅳ. ①I267.4

中国版本图书馆CIP数据核字(2019)第051943号

26城记

著　　者：蔡天新
出版发行：中信出版集团股份有限公司
（北京市朝阳区惠新东街甲4号富盛大厦2座　邮编　100029）
承 印 者：天津丰富彩艺印刷有限公司
开　　本：880mm × 1230mm　1/32　　印　　张：9.5　　字　　数：178千字
版　　次：2019年8月第1版　　印　　次：2022年1月第2次印刷
书　　号：ISBN 978-7-5217-0277-4
定　　价：59.80元

目 录

A

阿姆斯特丹：随心所欲的自由之城

Amsterdam

入选理由：荷兰名义上的首都，以其情调和艺术珍藏品著称，对水和自行车尤为推崇。从磨坊主的儿子伦勃朗到磨镜工出身的斯宾诺莎，都在此留下足迹。

游历时间：2008 年夏天、2012 年秋天、2018 年春天。

候选城市：阿布扎比（Abu Dhabi）、亚的斯亚贝巴（Addis Ababa）、亚历山大（Alexandria）、阿马尔菲（Amalfi）、安曼（Amman）、安道尔（Andorra）、安特卫普（Antwerp）、阿鲁沙（Arusha）、雅典（Athens）、亚特兰大（Atlanta）、奥克兰（Auckland）。

阿姆斯特丹作为欧洲的情色之都，起初我只是与之擦肩而过。多年以前的一次旅行，我已经从比利时沿海地区，乘船北上到达荷兰南方，见到了招牌式的风车和郁金香，可终究没有抵达阿姆斯特丹。直到 2008 年夏天，一次极其偶然的机会来临。

对每年不计其数的外国旅行者来说，阿姆斯特丹是以其历史的魅力、伟大的艺术珍藏品以及保存完好的古旧风格与情调吸引人。虽然贵为欧洲最早的资本主义国家——荷兰王国的首都（拥有世界上最早的股票交易所），她却不是政府所在地，后者设在小巧可人的海牙，皇室家族只是偶尔住在阿姆斯特丹陈旧的皇宫里。此城既没有高大宏伟的建筑，也没有宽阔气派的大广场，甚至没有胜利拱门。

阿姆斯特丹让游客感到温暖亲切的地方，在于旧城狭窄喧闹的街道、山形墙的房屋（有着砂岩面砖建筑的正面和富丽堂皇的上楣）、教堂的塔尖，以及大钟琴和手摇风琴的音乐，这些与真实的现代都市生活并不相称。当然，此城最有特色的要数她的运河网络，覆盖了近百座“岛屿”，另有一千多座多姿多彩的桥梁与之匹配。

可是，在欧洲南方的地中海海滨，还有一座历史更为悠久，也更风雅的水城，那便是意大利的威尼斯。并且，由于阿姆斯特丹多数桥梁不通汽车，超过五分之一的蓝领阶层仍采用自行车作为交通工具。也正因如此，小河边有一些铁栏杆，既被用来系小船的缆绳，又被用作自行车的锁具，尽管有些时候不一定上锁。

自 20 世纪 60 年代以来，这座城市以其宽容的姿态和欢乐的气氛闻名，吸引了全世界寻求不同生活方式的人。她开放红灯区，率先允许同性恋者结婚并领养孩子，安乐死合法化，被称为“了不起的阿姆斯特丹”。在那些四通八达的水路中间，还坐落着难以计数的中国餐馆和印尼餐馆，后者在其他国家并不多见，只因为在历史上印尼有数个世纪被荷兰人统治着。

现在我得说说自己的奇遇了。2008 年初夏，我应邀做客英伦剑桥，要在那里停留整整三个月，这对一个中年人来说有些漫长。好在瑞士文化基金会（Pro Helvetia）邀请我担任“中瑞艺术交流项目”评委，于是我得以在北京奥运会开幕之前回国，与家人小聚。之后，我搭乘 KLM（荷兰皇家航空公司）的航班前往阿姆斯特丹，准备从那里转机去伦敦。

没想到的是，因为航空管制，飞机在浦东机场延时升空。当我抵达阿姆斯特丹，最后一班飞往伦敦希斯罗机场的航班已关闭机舱。沮丧之余我因祸得福，KLM 这家全世界最古老的连续运营的航空公司不仅提供我食宿和换洗内衣，还给我就地免费办理了申根签证（那会儿瑞士尚未加入该组织），于是获得机会夜游阿姆斯特丹。

那天晚餐以后，我独自一人乘火车进城，只用了一刻钟，便到了火车的终点站。车站附近就是运河区，那里张灯结彩，好不热闹。一扇扇细巧雅致的玻璃橱窗，里面站着或坐着一个个倩影。她们来自世界各地，以东欧、加勒比海和巴西人居多，从窗前经过的游客国籍更是五花八门。每扇窗户里头放着一张整洁的小床，还有一些布娃娃和玩具，各具特色。离别之际，适才见到的那幕情景又幻化成中国江南水乡古镇里的元宵节。

现在，我必须要提及个性鲜明的两位艺术家和两位哲学家。建于 1631 年的西教堂，里面安葬着 17 世纪的绘画巨匠伦勃朗；而 1973 年开馆的凡 · 高博物馆，则专藏 19 世纪艺术家的作品。伦勃朗出生在小城莱顿，青年时代移居阿姆斯特丹直至去世。他生前仅以肖像画谋生，死后两百多年却以其《圣经》题材的作品和自画像震惊世界。可以这么说，别的画家有的是空间感，伦勃朗却同时拥有时间感，这通常是诗人才具备的。

作为伦勃朗之后荷兰最伟大的画家，凡 · 高的身世与阿姆斯特丹其实并无瓜葛，却因一座博物馆引人遐想。在凡 · 高的画作《向日葵》背后，天空总是悸动的，再配上割耳朵赠妓女的故事，他不可能不扬名世界。至于那位镜片磨制工斯宾诺莎，他在此城出生并接受教育，其身后出版的著作《伦理学》以欧氏几何的方法叙述。斯宾诺莎有句话深得我心：一个人只要被外部因素所制约，那他就处于奴隶状态。或许，这可以解释今日阿姆斯特丹风尚之由来。

在斯宾诺莎出生前四年，法国数学家兼哲学家笛卡尔移居荷兰。他是解析几何的发明人，也是“二元论”的创立者，提出了“我思，故我在”这一哲学史上最简洁有力的命题，再加上怀疑主义，因此被尊为“近代哲学之父”。而在我看来，这两项成就的取得，都离不开他年轻时发明的平面坐标系，据说后者的灵感是在他睡懒觉时悄悄来临的。

笛卡尔居无定所，他在荷兰逗留过的城市不下五六座，尤其钟爱那些小巧可人的城镇，并留下“隐居得越深，生活得越好”的民间语录，成为后世许多人的座右铭。不过，笛卡尔与阿姆斯特丹最大的瓜葛可能是，他在此城的一家书店里认识了一名女店员，她成了他生命中唯一的情人，为他生下一个女儿，那孩子却不幸在五岁那年夭折。

笛卡尔恋恋不舍的荷兰城市之一是莱顿，它也是伦勃朗的出生地，因此即便那次我在阿姆斯特丹的时间极其有限，仍抽身前往。50 公里的车程，不到半小时就到了。莱顿是一座名副其实的大学城，出了火车站，就可以看见大学建筑。沿一条热闹的街道，十几分钟我便走到一座白色的拱桥上。桥下是一条 10 多米宽的运河，桥边有一架风车，旁边正是伦勃朗故居。

过桥后我进入一条小胡同，胡同尽头便是荷兰最高学府莱顿大学的汉学系。这是一座两层四合院，我找到系主任办公室，只见一位中年的光头男子正伏案工作，与十三年前我在巴黎街头初见时几乎一样。那是在中国诗歌界鼎鼎大名的柯雷博士，本名克莱维尔。他收藏了不计其数的汉语民间诗刊，包括我创办的《阿波利奈尔》。寒暄过后，我问起莱大图书馆收藏的笛卡尔手迹，不料他却告诉我，要看手迹必须提前一个月预约。据说，数学界赫赫有名的哥德巴赫猜想最早是由笛卡尔发现的，只是他秘密写在笔记本里，三百年来无人知晓。

辞别柯雷以后，我直接去了阿姆斯特丹机场。那次我充分享受了机场与快速铁路系统连通的便利。受其启发，多年以后，我建议杭州市政府和浙江省发改委将萧山机场与数条高铁相连通，以方便全省人民。当我走进候机大厅时，看到了悬挂着的阿贾克斯足球队的队旗，这是一幅戴头盔的希腊英雄速写，画在一个半开的红色圆圈内。在特洛伊战争期间，阿喀琉斯是希腊神话中的第一勇士，阿贾克斯是第二勇士，两人是表兄弟。

按照德国足球名宿贝肯鲍尔的观点，阿贾克斯是世界足球史上顶级的十家俱乐部之一。虽说荷兰队从未夺得过世界杯冠军，却三次获得亚军，且每回都是热门球队。约翰·克鲁伊夫和马尔科·范巴斯滕是荷兰足球的骄傲，他们都来自阿贾克斯队，前者还出生在阿姆斯特丹。该俱乐部赢得过四次欧洲冠军杯，其中 1971—1973 年连续三次问鼎，因而得以永久收藏了奖杯。

再次造访阿姆斯特丹已是四年以后。当时我应邀访问了荷兰另一座名校——乌得勒支大学的笛卡尔中心。笛卡尔在该校也执教过一年，最后多半是因为受气离开了。城内保留着笛卡尔故居，门扉上用荷兰语写着“我思，故我在”。那是在一条树木葱郁的大街上，离我租住的公寓步行不过一刻钟。我还发现，乌大尖子生组成了一个笛卡尔学院（如同浙大的竺可桢学院、北大的蔡元培学院），有趣的是，院方要求每位学生（无论男女）拍摄一张戴有笛卡尔假发套的标准像，并将其张贴宣扬。

一个阳光明媚的秋日，我乘火车重游了阿姆斯特丹（与铁轨一路并行的运河里，大型货船高速密集地行驶），并如约与移民来

戴着哲学家假发的笛卡尔学院学生像，上面印着笛卡尔的名言：我思，故我在

的英国诗人唐纳德和斯里兰卡裔印度诗人阿马尔在一家咖啡馆见面，但却错过与两位荷兰本土诗人雅普·布隆（Jaap Blonk）和罗莎丽·希尔斯（Rozalie Hirs）见面。罗莎丽是一位摇滚歌手，她给我发来过音乐会的请帖。雅普以擅长朗诵闻名于世，我和他在南非相识，后来有一天，他趁出差的机会，在火车路过乌得勒支时下来看望了我。

原来乌大是雅普的母校，他熟门熟路，带我去学生时代与女友最爱光顾的一家临水饭店共进晚餐。久别重逢，我们聊了很多，我方才知道，荷兰（Holland）这个国名被误译了，真名应叫尼德兰（Netherlands）。荷兰共十一个省，滨海的北荷兰省（包含阿姆斯特丹）和南荷兰省（包含海牙和鹿特丹）最为发达。荷兰只是尼德兰的别称，作为国名恐怕其他九省人民不会同意。

与荷兰诗人雅普重逢

那次我还游览了国家博物馆、性博物馆、花市和安妮故居，看到了伦勃朗的多幅真迹。没想到国家博物馆和凡·高博物馆不仅门票价格相等，且与收藏当代艺术品的市立博物馆紧邻。有趣的是，即便是纳粹时期躲在阿姆斯特丹小阁楼里的那位著名的犹太少女安妮·弗兰克，也对性十分好奇，无论第一次来月经，还是看见女性裸体，她都非常激动，还在密室里与男友一起观察、研究猫的生殖器官。

安妮一家本是法兰克福的德裔犹太人，在纳粹开始排犹后移居阿姆斯特丹。等到德国人侵入，排犹法律也开始在荷兰实施，她便躲了起来。安妮写了两年的秘密日记后被捕，一年后死于集

阿姆斯特丹的彩虹

中营。战后她的父亲出版了《安妮日记》。这本书风靡全世界，如今每年有五十多万游客前来参观她的隐居地。在当年的小阁楼、今天的安妮纪念馆的墙上，保存有一道道铅笔画的记号，那是安妮记录的自己身高的变化。

作为那次造访阿姆斯特丹的最后的馈赠，在一场秋雨过后，我在阿姆斯特丹火车站上方，见到了美丽的双彩虹，之前我从未在都市上空见到过。在那一刻，阿姆斯特丹在我心头留下了难以磨灭的记忆。不仅如此，阿姆斯特丹还与我的居住地有缘，她是与杭州建立空中通道的第一座欧美名城，这当然又要归功于荷兰皇家航空。

在我游历过的城市里，以字母 A 开头的首都共有六座。除了阿姆斯特丹，还有阿布扎比（阿拉伯联合酋长国）、亚的斯亚贝巴（埃塞俄比亚）、安曼（约旦王国）、安道尔（与国名相同）和雅典（希腊）。前三座城市分别位于阿拉伯沙漠的边缘和非洲屋脊，贫富差距悬殊。而安道尔属于富裕的欧洲袖珍小国，坐落在比利牛斯群山的怀抱中，夹在西班牙与法兰西两个大国之间。

作为西方文明摇篮的雅典，无疑是我们向往之地。中国人把最高贵的名字留给了她，我曾在她与阿姆斯特丹之间犹豫不决。从苏格拉底到亚里士多德，哲人们会聚于雅典，柏拉图在此构想了他的理想国。巴特农神庙尽管只留存残柱，但仍然折射出黄金分割之美。站在卫城上俯瞰全城，我发现多数建筑以白色为基调，可以说雅典是一座白色的城市。

到了周末，雅典的海滨大道上热闹非凡，娱乐区的霓虹灯闪烁不停，明信片和钥匙链饰物上的图像性感无比。在最近几次各国公民性生活的抽样调查中，希腊人的开放程度依然名列前茅，这当然与他们的祖先崇拜酒神、崇尚裸体有关。可是新千年以来，雅典却在一场声势浩大的金融危机中式微。与此同时我也发现，古希腊的数学大师们均出自雅典抑或希腊本土之外……

除了那五座首都以外，埃及的亚历山大、新西兰的奥克兰、比利时的安特卫普这三座海港和地中海海滨的意大利小城阿马尔菲、美国东南名城亚特兰大也给我留下深刻的印象。亚历山大曾是一座希腊人的城市，有过藏书丰硕的图书馆和古典数学的黄金时代，欧几里得在那里写成《几何原本》，20世纪希腊诗人卡瓦菲也在那儿度过写作的黄金时期。而奥克兰位于南纬 37 度，可谓是地球最南端的大城市，也是以碰鼻子礼闻名的毛利人的集聚地，即便在全球高度安全警戒的今天，在那儿登机仍无须安检。

安特卫普作为比利时第一商埠，历史上曾显赫一时，既是 17 世纪大画家鲁本斯的故乡，也是 18 世纪大数学家欧拉的祖居地，举办过 1920 年奥运会，我曾搭乘四轮马车从市区前往海滨。阿马尔菲建于悬崖之上，中世纪时曾是航海共和国，其险峻美丽举世无双。而亚特兰大则以电影《乱世佳人》故事的发生地和百年奥运会的举办地闻名，我曾在其郊外的佐治亚大学访学一年，并利用暑假驾车为一家比萨饼店送过外卖。

B

巴塞罗那：独具魅力的建筑之都

Barcelona

入选理由： 既是伊比利亚半岛的骄傲，也是西班牙人的一个心病；盛产足球天才和绘画大师，却以独具魅力的建筑风格吸引各国游客。

游历时间： 1995 年夏天。

候选城市： 巴格达（Baghdad）、巴库（Baku）、万隆（Bandung）、班加罗尔（Bangalore）、曼谷（Bangkok）、北京、贝鲁特（Beirut）、贝尔法斯特（Belfast）、贝尔格莱德（Belgrade）、别尔季切夫（Berdichev）、柏林（Berlin）、波哥大（Bogota）、波尔多（Bordeaux）、波士顿（Boston）、布拉迪斯拉发（Bratislava）、不来梅（Bremen）、布鲁塞尔（Brussels）、布加勒斯特（Bucharest）、布达佩斯（Budapest）、布宜诺斯艾利斯（Buenos Aires）、布琼布拉（Bujumbura）。

以字母 B 开头的城市很多，仅我游历过的首都就有十四座，即亚洲的北京、曼谷、巴库、贝鲁特和巴格达，欧洲的柏林、布鲁塞尔、布加勒斯特、布达佩斯、贝尔格莱德和布拉迪斯拉发，美洲的波哥大和布宜诺斯艾利斯，以及非洲的布琼布拉。此外，还有北爱尔兰的首府贝尔法斯特，它是“泰坦尼克号”游轮的制造地。

在这些城市中，巴库、巴格达、贝鲁特、班加罗尔、贝尔法斯特、贝尔格莱德、波哥大、布加勒斯特、布拉迪斯拉发、布宜诺斯艾利斯和布琼布拉等均不易为中国游客所抵达，因而也较为本人所珍惜，尤其是阿拔斯王朝[①]的故都巴格达。在战乱尤为危险的2014年初春，我在底格里斯河畔逗留了五天，既欣赏了多彩多姿的歌舞，也观赏了苏美尔人和巴比伦人的稀世宝物。

北京是保存得最完好的中国古都，拥有故宫、天坛和万里长城等无可复制的名胜，而鸟巢、水立方等奥运场馆又堪称现代建筑的典范。从17岁开始，我曾数十次抵达又离去，结识了形形色色的朋友。可是，京城的饮食、气候和交通却不怎么讨人喜欢，加上B字母开头的城市众多，因此我宁愿选择更为古老、质朴的西安。

亚洲另一座美丽的古城贝鲁特在腓尼基人[②]的年代叫贝罗特，她是字母的发祥地，如今却陷于时断时续的骚乱中。同样，曼谷和巴库也建于水边，且分别以人妖和油田著称于世，可惜前者因游客太多过于喧闹，后者因地理偏僻过于冷清。贝鲁特位于世界上最大的陆间海——地中海的东岸，巴库位于世界上最大的湖——

① 阿拔斯王朝是阿拉伯帝国的第二个世袭王朝，古代中国史籍称之为黑衣大食。——编者注

② 腓尼基人是闪米特人的一个分支，曾建立过高度文明的国家，并发明了字母。——编者注

里海的西岸。而在世界第六大湖坦噶尼喀湖畔的山城布琼布拉，歌声与城市名一样动听。

欧洲的七座首都（府）里，贝尔格莱德、布达佩斯、布拉迪斯拉发和布加勒斯特属东欧，除布加勒斯特以外，均有多瑙河流经，我先后分别搭乘汽车、火车、轮船和飞机抵达，可惜那会儿社会变革已经发生，没有看见旧日的景象。地处西欧的贝尔法斯特和布鲁塞尔分别说英语、盖尔语和法语、弗莱芒语，在重要性和现代性方面均不及说德语的柏林，后者堪与巴黎、伦敦和罗马并肩为“欧洲四大名城”，且有着“同性恋之都”的雅号。

至于那两座说西班牙语的南美首都——布宜诺斯艾利斯和波哥大，虽以伟大的文学传统闻名，分别诞生了博尔赫斯和加西亚·马尔克斯，却让位给了另外两座非首都的南美名城——以字母R开头的里约热内卢和M开头的麦德林。与新近举办过奥运会的里约热内卢一样，布宜诺斯艾利斯也以足球的激情享誉世界，探戈和桑巴的舞韵却有所不同，两者均以性感闻名，一个神秘莫测，一个裸露刺激。

剩下那六座候选城市里，大西洋边的波尔多作为葡萄酒的代名词，浪漫的风情遍布加龙河两岸，曾触动和拨响我的情感之弦，那里还留有古老的罗马圆形剧场和蒙田墓。不来梅曾是“汉萨同盟”[①]成员，如今是德国第二大港口和三大直辖市之一。

① 汉萨同盟指德意志北部城市之间形成的商业、政治联盟。汉萨（Hanse）一词，德文意为“公所”或“会馆”。——编者注

班加罗尔作为南印度的花园城市，可以听到蓝孔雀的鸣叫，同时兼有一个时髦的绰号——南亚次大陆的硅谷。班加罗尔是卡纳塔克邦的最大城市，该邦在9世纪和12世纪先后诞生了印度历史上的两位数学巨人——马拉哈维和婆什迦罗。印度尼西亚的万隆曾有"东方巴黎"的美称，如今仅以气候宜人和万隆会议为人所知。

别尔季切夫是乌克兰小城，我曾意外地在此城度过一天，那儿是波兰裔作家康拉德的出生地，法国作家巴尔扎克婚礼的举办地，也是伊萨克·巴别尔的短篇名作《盐》故事里的火车终点站。而波士顿作为新旧大陆传统的结合点和独立战争的爆发地，堪称美国的精神首都；虽然20世纪的大部分时间里，波士顿在国家运行中所起的作用越来越小，但仍是美国教育、文化和科技的中心城市，拥有两座举世闻名的超一流学府——哈佛大学和麻省理工学院。可以说，波士顿与柏林、布宜诺斯艾利斯中间的任何一座城市都让我难以割舍。

可是，我的心仍属于地中海边的那座西班牙港口城市。最初的也是最美的，巴塞罗那正是我第一次欧罗巴之行抵达的目的地。

与法国的马赛、意大利的热那亚相比，巴塞罗那拥有更多的人口和货物吞吐量。她在外国旅行者眼里堪与首都马德里相媲美（两支西甲豪门足球俱乐部一直以来也相互较劲），这一点除了俄罗斯的圣彼得堡和莫斯科，波兰的克拉科夫和华沙，在其他欧洲

数学家的晚宴

国家里难以见到。考虑到巴塞罗那还是西班牙的少数民族——加泰罗尼亚人的居住区，这种情况更是罕见。

也正因为如此，她从西班牙分离出去的可能性依然存在。在这里，加泰罗尼亚语是第一语言，西班牙语是第二语言（即使后来我在南美生活了一年，学会了讲西班牙语，并因此能听懂一些葡萄牙语和意大利语，仍然无法理解加泰罗尼亚语），地铁报站就依这两种语言的次序广播。

一般来说，处于一个国家次要地位的语言是难以取得举世瞩目的文学成就的，这一点已被无数事实所证实（除非他放弃母语的写作）。可是，操次要语言的艺术家却可以成为世界级的艺术大师。比如，三大男高音之一的卡雷拉斯，他便出生于巴塞罗那；还有出生于巴斯克地区的法国作曲家拉威尔，管弦乐《波莱罗》（1928年）是他最广为人知的作品。

20世纪“西班牙艺术三杰”中，霍安·米罗和萨尔瓦多·达利分别出生在巴塞罗那的市区和郊外，毕加索虽然出生在西班牙南部安达卢西亚的马拉加，少年时代全家便迁至巴塞罗那。即使日后他们三人移居巴黎，仍时常返回巴塞罗那。我想如果要评选十位 20 世纪最伟大的画家的话，他们三位都会当选，这无疑是一个奇迹。

不过在巴塞罗那，最著名的艺术家却是建筑师安东尼·高迪，他出生在巴塞罗那郊区小镇雷乌斯，是加泰罗尼亚人的骄傲，其建筑风格以形式自由、色彩艳丽和纹理奇特著称，并能把三者有机地统一起来。有一天下午，我来到米拉公寓，这是高迪世俗建筑的代表作。屋顶呈波浪形，一个房间毫不间断地向另一个流动。所有的墙壁都是弯曲或倾斜的，给人一种无限延伸、变幻莫测的空间感。

高迪的作品，在植物的自然主义图案装饰和抽象中，浮现出一幅幅多彩多姿的梦境，而那却是在一个世纪以前（1905—1910 年）。他的另一件代表作——萨格拉达·法米利亚教堂（又称圣家族）堪称世界建筑史上的杰作。他把哥特式风格改变成一种平衡式的奇特结构，教堂由许多复杂的螺旋状墙垛、双曲面的拱形边墙和双曲抛物面的屋顶组成。其中十字耳堂上的四个哥特式尖塔，已成为巴塞罗那的首要标志，也出现在 1992 年奥运会电视节目的片头里。

从 1893 年起，高迪开始为这座教堂工作。直到如今，一百多年过去了，这座教堂仍然没有完工。然而，每天游人如织，这又是一

米拉公寓（1984 年）——高迪的杰作之一

个奇迹。有趣的是，教堂西门口墙上刻着一个4阶幻方。所谓幻方，又叫纵横图，它是各行、列和两对角线之和均相等的整数排列，4阶是从1到16，原本每行列各数之和是34，但圣家族教堂的幻方却是33。据说是因为基督升天时33岁，人的脊椎骨也是33根，富有创意的设计者让10和14出现了两次，而让8和12消失。

作为后现代主义建筑伟大的先行者，高迪的才华并不为同时代的人所赏识，当时只有少数人喜欢他的风格。在巴塞罗那以外，他的才华更是无人知晓。晚年他只是自言自语地说道："为避免陷于失望，不应受幻觉的诱惑。"这似是而非地解释了他终生独居的原因。1926年，74岁的高迪独自走在巴塞罗那的大街上，被一辆有轨电车撞倒身亡。40年以后，他那无限丰富的想象力，尤其是把复杂的几何体与建筑结构完美地融合在一起的才能，赢得了世人的广泛认可。可以说，在我到过的国家里，还没有一座城市和一个艺术家的名字联系得如此紧密。

与主要由阿拉伯人发展起来的马德里相比，巴塞罗那的历史更为悠久，以至于人们已搞不清楚她究竟是由腓尼基人还是由迦太基人建立的，这两个颇有渊源的古代民族分布在地中海的东岸和南岸。有一种流传已久的说法，巴塞罗那的名字来源于公元前三世纪迦太基人的领袖巴尔卡（Barca），他是以征服罗马帝国闻名的民族英雄汉尼拔的父亲。无论如何，巴塞罗那最早是作为地中海的一个商埠发展起来的，中世纪时她就是重要的贸易城市。19

圣家族教堂西门墙上的幻方（设计师家属供图）

世纪末，随着现代工业尤其是纺织业的发展，巴塞罗那已成为地中海最繁华的港口城市。

我出发去巴塞罗那以前，北京诗人芒克把他的画家朋友林墨介绍给我。林墨是哈尔滨人，比我年长一岁。他本是北漂，与西班牙使馆人员混熟了，便找机会来到巴塞罗那，先是在餐馆打工，不久就做了老板。他邀我赴宴，我途中求助一位少女，她热情大方，帮我指路到目的地，于是留下来一起用餐。她的名字叫伊莎贝尔，来自西海岸巴斯克首府毕尔巴鄂，是个法律系大学生和歌剧爱好者，同时也是一位难得的语言天才。

在林墨餐馆的墙壁上，我见到了他的作品，艳丽块状的色彩招人喜欢，顾客看中的话可以当场选购。林墨把巴塞罗那比作上海，把马德里比作北京，而他一点都不喜欢中国南方。后来林太太也来了，她打开一瓶自由古巴鸡尾酒，亲自下厨，为我们烧两只眼睛长在一边的比目鱼。那会儿我还不会说西班牙语，结果四个人用四种语言交流。我和林墨说汉语，和伊莎贝尔说英语，伊莎贝尔和林墨说西班牙语。两位初次见面的女人又说起加泰罗尼亚语。

在巴塞罗那的一个星期里，我充分感受到加泰罗尼亚人的热情好客。学术会议期间，几乎每天都有酒会、宴会或游览活动（怪不得西班牙人的数学逊色于同为拉丁民族的法国人和意大利人），且常常有市长或行政长官（也是前任市长，巴塞罗那奥运会组委会主席）出席并主持。这还是科学会议，与会的代表大多比较理性，如果是艺术活动，还不知道会怎么样。

记得有一次，我路过一处公共汽车站，看见一幅令我怦然心动的画面。候车的男男女女原本素不相识，只因为等得不耐烦，竟然全体跳起了舞蹈。后来我游遍了欧洲大陆，却再也没有看到这幕情景。与建立在理性之上的雅典相比，巴塞罗那呈现的则是另一种风格。

一天晚上，我和几位数学同行相约来到巴塞罗那最有名的兰博特街。这条街西起西班牙广场（每座西班牙城市必须有的地方），顺坡而下向东至哥伦布广场，与地中海相连（如果是白天，那里的海滩上散落着无数游泳或晒日光浴的男男女女），其地位相当于巴黎的香榭丽舍大街或纽约的百老汇大街。不同的是，这里中间约占三分之二的路面供游人行走，设有酒吧、咖啡座，还有各种小贩和杂耍艺人，两侧是慢车道，最边上又是两条人行道。

忽然之间我发现，只有当大批的游人迎面走过时，大街才真正热闹非凡。令人痛心的是，2017 年夏天，兰博特街上发生了卡车恐袭惨案，造成近百游人伤亡。那次为了避开人群，我们最后来到与兰博特街平行的一条小巷里，那里热闹非凡，有点像巴黎的米歇尔广场附近的小街。我们找到一处雅致的小店吃夜宵，游人渐渐散尽，微黄的灯光照在小巷深处不高的墙壁上，仿佛又回到了古代，一位手执长矛的骑士喝醉了酒唱起了情歌。

多年以后，我重访西班牙，在马德里逗留了两个多月的时光，其中有两个星期住在市中心的一家小旅店里，才真切地体会到西班牙人对酒吧的热爱。每逢周末夜晚，男男女女乘坐末班地铁来到市中心，纵情狂欢，直到黎明时分头班地铁开来才逐渐散去。而要是遇到足球之夜，西班牙国家德比[①]和马德里德比，那又该是何等景象呢？至 2017 年底，C 罗和梅西平分秋色，两人已连续十年包揽了金球奖。

---

① 德比是体育术语，在欧洲多指足球队之间的比赛，而在亚洲和北美洲也可以是篮球队、橄榄球队、冰球队和棒球队等集体项目的比赛。——编者注

C

卡萨布兰卡：神秘浪漫的白房子

Casablanca

入选理由：濒临大西洋的北非名城。虽说在摩洛哥王国，她只是西方游客的中转站，但因为一部好莱坞电影，她享誉东方，并因此让我流连忘返。

游历时间：2005 年秋天。

候选城市：开罗（Cairo）、卡利（Cali）、加尔各答（Calcutta）、剑桥（Cambridge）、戛纳（Cannes）、重庆、成都、芝加哥（Chicago）、基希纳乌（Chisinau）、科尔多瓦（Cordoba）、科托努（Cotonou）、克罗托内（Crotone）、库斯科（Cuzco）。

对西班牙人或到西班牙旅行的外国游客来说，由水路进入摩洛哥是最经济、最方便的选择了。即便自己开车，也有轮渡在伊比利亚半岛最南端的阿尔赫西拉斯等候。站在那座与英国殖民地直布罗陀毗邻的港口，哪怕在不甚晴朗的日子，也能看见对岸的非洲，那是一片低矮的海岸山脉。而在这两片大陆之间，就是赫赫有名的直布罗陀海峡。古时候地中海一带的人认为，大西洋是世界的尽头，只有勇敢的腓尼基水手敢于穿越这片狭小的水域。

2005年秋天，我正在马德里大学访问，适逢“十一”国庆长假，趁机给自己放了假。

面对神往已久的直布罗陀海峡，我遇到几个小难题。首先，码头上的轮船公司之多让你一时无从选择，雇员的热情丝毫不亚于中国南方某些城市车站广场上的旅店向导或景区的饭店伙计；其次，阿尔赫西拉斯对岸的城市也是西班牙人的领地——休达，那里是非洲偷渡客进入欧洲的桥头堡，就像墨西哥北部边境城市蒂阿华纳是拉裔难民进入美国的要塞。因此，虽然到休达不需要其他签证，但安全有时会成为问题。

在来阿尔赫西拉斯的巴士上，我发现多数乘客和我一样，是要去休达西面的摩洛哥港城丹吉尔。为了这个目的，最快捷有效的方法是乘坐轮船公司提供的免费中巴，到一座叫塔利法的港口搭船，那儿离丹吉尔的距离最近。有趣的是，在西班牙语里，塔利法（Tarifa）的意思是票价，这座小镇居民很少，路边光秃秃的山顶上有许多白色的大风车。

对岸的丹吉尔如今已是非洲最欧化的城市，商业气息浓厚，可当年却并非如此，且尤为美国“垮掉的一代”作家们所喜爱，还有他们的女同胞、诗人伊丽莎白·毕晓普和她的同性女友，也曾在海滨大道的夜总会里消夜。明媚的阳光更吸引了法国野兽派画家领袖亨利·马蒂斯，他在这里找到了需要的鲜亮色彩。而对阿拉伯人来说，丹吉尔则是大旅行家伊本·拔图塔的出生地，比起仅仅早他半个世纪的意大利人马可·波罗，他抵达的足迹范围更为宽广。

可是，仍有不少游客抵达丹吉尔之后，随即搭乘夜班火车去南方的马拉喀什。作为沙漠中的华丽之都，包括迈克尔·道格拉斯和朱丽娅·罗伯茨在内的好莱坞明星都在那里购置房产，使之成为北非地价最昂贵的城市（宛如中东的迪拜）。与此同时，来自欧美各国的背包族旅行者也趋之若鹜。而对于我这个远道而来的东方旅人来说，马拉喀什仅仅在出发之前才听摩洛哥驻西班牙总领馆的签证官说起。

在丹吉尔逗留了一晚之后，我先是乘火车南下首都拉巴特看望了两位摩洛哥诗人，他们和我分别在哥伦比亚和中国相识。而在和他们共进晚餐时，我又与另外两位分别在瑞士和南非相识的诗人通了电话，他们有事不能前来。在那个难得的夜晚，我享受了阿拉伯友人的款待，住在诗人贾拉尔家里。就在我出发到欧洲以前，他访问了中国，我们在杭州的一家画廊里一起朗诵。贾拉尔的公寓与中国的经济适用房没什么两样，无疑这也是全球化带来的弊端。

次日一早，贾拉尔和他的法国太太上班去了，我用过早餐后，独自一人穿过拉巴特的旧城区，来到了海滨墓园。白色的墓碑，蓝色的大海，不由得让我想起法国诗人保罗·瓦雷里的诗句，“多好的酬劳啊，经过了一番深思 / 终得以放眼远眺神明的宁静”。

让我惊奇的是，这里每一座白色的墓碑总是背对着大西洋。后来我才想到，那不正是朝着麦加的方向吗？我还看见，三位老年妇女并肩立在海边，其中一位背上驮着一个婴孩。

在返回贾拉尔寓所的路上，我遇到三位放学的女中学生，她们穿着鲜艳，都没有围头巾，每一位都长得很漂亮。三人抢着用英语和我聊天，过了一会儿，我试着问有谁愿意当导游陪我去卡萨布兰卡一游？没想到其中一位爽快地答应了，她的名字叫哈雅，有着橄榄色的皮肤和玫瑰花一样的笑容。当然，我有承诺在先，黄昏以前送她回来。

就这样，我给贾拉尔留了一张便条，托保姆转交，便与哈雅去了火车站。拉巴特与摩洛哥最大的城市——卡萨布兰卡相距不过

马拉喀什

我的向导哈雅

50 公里，每隔半小时就有一列火车，一路可见窗外的红土。一个小时以后，我们已到达卡萨布兰卡，就是那部著名的电影《北非谍影》的故事发生地，片中有一首动情的歌叫《时光倒流》。其实，这部片子的原名是西班牙文 Casa Blanca，即卡萨布兰卡，意思是“白色的房子”或“白宫”。

可是，哈雅和她的女伴却不这么称呼，她们更喜欢称卡萨布兰卡为卡萨。卡萨是一座拥有 600 多万人口的大都市，是摩洛哥的经济首都。考虑到时间宝贵，我不打算返回拉巴特了，于是在离海滨只有一箭之遥的一条街道上找到一家旅馆。按照阿拉伯人的习俗或法律，非夫妻关系的男女是绝不允许待在同一个封闭空间的，旅店客房更是如此，我让哈雅在接待处稍候，把行李放进了房间里。

之后，我和哈雅去了海滨，相比拉巴特的闹市离海滨有一段距离，卡萨的海滨就在街边。本来，卡萨是柏柏尔人的渔村，后来成为海盗的一个基地。葡萄牙人起这个名字大概是因为那时村舍的墙壁是白色的。可是，我们转了一大圈，仍然没有发现一座白色的房子，倒是哈桑二世清真寺在蓝色海水的映衬下显得异常美丽。

哈雅那年只有 17 岁，浑身上下洋溢着青春活力。她没做成我的导游，反而我成为她的摄影师。哈雅说她从没有拍过那么多照片，可我用的是数码相机呀。可惜这些相片需要两年以后才能传递给她，因为她那时还没有电子信箱。午餐时我才知道，她就是古罗

卡萨火车站

马人最初命名的摩尔人，那是北非原住民柏柏尔人与阿拉伯人、黑人或西班牙人混血以后的后裔，因此肤色略显黝黑。

摩尔人是随着阿拉伯人的远征和撤退来到摩洛哥中部的，他们集中定居在与拉巴特一河之隔的塞拉，那正是哈雅的家乡。我不禁想起法国画家保罗·高更在南太平洋塔希提岛所绘作品里的毛利女子，她们的肤色颇为相似。多年以前，我曾在一首题为《芳香》的诗中写道：

在柔和的夜色里凝望远处的毛利女人

睡意像空气一样潜伏在她的四周

哈桑二世清真寺

斜阳洒落在哈桑二世广场上，鸽子、游客和本地的男女老幼欢聚在那里，颇有欧洲大都市的风范。到了告别的时刻，我如约把哈雅送到火车站，替她买了回程票，一直送她到月台上。当我走出候车大厅，发现卡萨火车站的造型很别致，一头高高翘起，像一只昂首漂浮在水面的白天鹅。等我返回旅店，天色已经暗下来，又一个非洲之夜来临，等待我的将是一个人对一座陌生城市的探究。

我想起两年前在南非的海港城市德班，我下榻的旅店位于印度洋边。当时是为了参加非洲诗歌节，却被告诫白天也不得一个人外出，更别提夜晚漫步海滨了。返程我在约翰内斯堡转机，从国内部走到国际部甚至都有点害怕。而同样是非洲，在经济稍显落后的摩洛哥，安全却不成问题。

更为幸运的是，我在卡萨唯一的夜晚，竟然巧遇了两场不同风格的婚礼。无论我走进哪一家，主人都会让服务员端出一碟碟小点心，还有各种美酒。虽说五星级酒店里的那场婚宴要华贵许多，隔壁大厅里还有肚皮舞专场表演（比我在尼罗河船上看到的毫不逊色），但我还是把更多的时间留在另外一场婚礼上，那里的新郎新娘是一对普通市民。

婚礼的前半场与中国的差别不大，许多尊贵的客人用麦克风讲话。区别在于九点以后，没有交杯酒或干杯，婚宴变成了摇摆舞会，甚至那四位穿绛红色衣服的轿夫也没闲着，与轿子上的新娘一起手舞足蹈。周围穿锦缎的宾客欢声雷动，场面甚为动人，人人兴高采烈，除了新郎。按照当地习俗，他只能在远处的一块台地上默然独坐，观看着这一切。大概为了最幸福的那一刻，那个洞房花烛夜，他必须要忍受最后的孤独。

翌日早上醒来，我想起那部经典的电影。在南下马拉喀什前，我向侍者打听其拍摄场地。他告诉我，虽说当年的故事真的发生在卡萨，电影的主要场景却不是在这里拍摄的。里克酒吧早已不复存在，在原址兴建的豪华酒店里倒有一家名为卡萨布兰卡的酒吧，门外挂着一幅老电影海报，但此酒吧与电影和主人公均毫无关系。事实上，这部由英格丽·褒曼和亨弗莱·鲍嘉主演的奥斯卡最佳影片脚本原本是用来演话剧的，难怪观众无法欣赏到卡萨的海滨风光。

在我游历过的名城里，以字母C开头的有十多座，除了卡萨布兰卡，大都市中还有埃及首都开罗、印度古都加尔各答和素有“风城”之誉的美国第三大城市芝加哥。这其中，开罗对于一个游客的感召力是无与伦比的，她也是我抵达的第一座非洲城市。最让我感到意外的是，从世界上最大的撒哈拉沙漠流淌出来的尼罗河水居然是清澈的。需要提醒读者的是，如果你有机会去埃及，最好选择在夏天，因为只有在炎炎烈日下游览金字塔和狮身人面像，才能真正体会到古埃及文明的伟大和悠远的历史。

再来说说芝加哥和加尔各答，后者已在2001年改名为Kolkata。这两座城市曾分别以凛冽的寒风和潮湿的闷热迎接过我。前者有着高度现代的文明（西尔斯大厦曾是世界最高建筑），最近的一次探访让我更多地领略到了她的迷人之处，后者有着光辉灿烂的过去（被誉为印度的左岸区）。坦白讲，我选中卡萨布兰卡时也考虑到了铁道线上几座摩洛哥名城的魅力。特别是南方的马拉喀什和北方的非斯，其中非斯是北非最有文化的城市，两地的阿拉伯人聚居区以及古城梅克内斯均已列入世界文化遗产。

在我游历过的中小城市里，法国的戛纳作为欧洲电影的圣地，原本是为了消除战争期间在意大利法西斯统治下的威尼斯电影节的影响，后随着柏林电影节的创办又有了新的竞争对手而不断提高和完善，终于一跃成为旧大陆最有影响力的电影圣地，同时也为电影艺术诞生地的祖国法兰西赢得了一份尊严。至于阿拉伯人统治时期的西班牙首都科尔多瓦，则是以壮丽的大清真寺、静谧的河流和摩尔人的浴室吸引各国游客。基希纳乌是摩尔多瓦的首都，夹在两个较大的民族之间，既安详又宁静。而在南美洲哥伦比亚，热带雨林中的第三大城市卡利，不仅拥有足球豪门美洲队，也有着“莎莎之都”的美誉。

西班牙人既是新大陆的发现者，也用一种宽容大度的姿态，保存了信仰不同的入侵者和占领者的遗迹，这一点值得我们尊重。即便在他们的殖民地库斯科，那座印加人的古都，去往马丘比丘的必经之地，也是那样古香古色。而在后来一次重返非洲时，我到达了几内亚湾的科托努，那是撒哈拉沙漠以南，既参加了一次法语诗歌节，又享受到了一场色彩的盛宴。显而易见，在天气炎热的地方，皮肤黝黑的人们，尤其是妇女，更适合穿色泽鲜艳的服饰。在科托努的农贸市场里，我拍摄到一张《年轻的母亲》，她的背上驮着孩子，目光宁静、自然，发辫精致、独特。

更让我心仪的是英国的剑桥，我曾有幸在那里访学三个月，并写成一部游记。八个多世纪以来，剑桥一直为全世界的学者所向往，那里风景怡人、建筑优美，尤其是剑河两岸的几所古老的学院，如三一学院、国王学院、王后学院、圣约翰学院。这里既诞生了牛顿、达尔文、麦克斯韦那样的大科学家，又涌现了诗人弥尔顿、经济学家凯恩斯、哲学家维特根斯坦等各路英豪。如果有机会在六月来到剑桥，还可以目睹草莓节的游行和船河的毕业歌（singing on the river），堪称青春和学生时代最美好的记忆。而新近游历的意大利南方小城克罗托内，则是古老的毕达哥拉斯学院所在，对先哲的缅怀令人沉醉。

以字母C开头的中国城市里，有两座让我特别倾心，那便是巴蜀的重庆和成都，她们分别做过民国时期的陪都和蜀汉时期的国都，以激情和闲谈、美食和美女著称，且与我居住的城市杭州有某种联系。重庆原名恭州，1189年正月，南宋孝宗之子赵惇被封恭王，二月即继承帝位，成为宋光宗，故后来也将恭州改名重庆，意为“双重喜庆”。而成都既是我第一次乘飞机抵达的地方，也是我游历次数最多的西部名城，如今她与杭州同为休闲之都，堪称国人的最爱。

D

大马士革：天国里的城市——阿拉伯帝国的第一个都城

Dimashq

入选理由：一条细小的河流与一片浩瀚的沙漠的汇合处，不可一世的伍麦叶王朝的古都，拥有阿拉伯世界保存得最完好的旧城。

游历时间：2004 年夏天。

候选城市：大连、达累斯萨拉姆（Dar es Salaam）、吉布提（Djibouti）、多哈（Doha）、迪拜（Dubai）、都柏林（Dublin）、德班（Durban）、都拉斯（Durres）、杜尚别（Dushanbe）。

14 世纪的摩洛哥旅行家伊本·白图泰在他的《伊本·白图泰游记》里，声称自己无法用语言来描绘大马士革的妩媚。于是，他摘引了先辈的话语，大马士革“以芬芳的花草装扮自己”，“到处是花园，如月亮周围的光环”，“城里城外是一汪汪池水、溪流和清泉，安排巧妙，使人心旷神怡”。伊本出生在丹吉尔的一个柏柏尔人家庭，20 岁去麦加朝圣，从此踏上了漫漫旅途。他游历了 44 个国家，共走了 120 000 多公里。

值得一提的是，伊本出身法官世家，从少受到法律和文学熏陶。他曾在大马士革受业于一位著名的穆斯林学者，因此人们普遍认为，他留下来的游记比早他半个世纪的意大利人马可·波罗的，具有更持久的历史和地理价值（足迹也比马可·波罗宽广）。这一点好比明代中国的两位旅行者——王士性和徐霞客，他们相隔四十年，都游历了 15 个省中的 14 个。前者的游记偏人文地理（包括经济），后者的游记偏自然地理。

水和地理决定了大马士革的命运，发源于黎巴嫩山脉的拜达拉河在附近浇灌了大片肥沃的土地后，消失在茫茫无际的叙利亚沙漠里。至少在我看来，这个景象比起河流汇入大海来，更为奇妙和罕见。120 多万人口的大马士革城坐落在海拔 700 米高的台地上，俯瞰着拜达拉河。既得到水的供应保障，又地处沙漠的边缘，大马士革因此成为古代商队的重要驿站和贸易中心，也是早年穆斯林前往麦加的骆驼之旅的起点。20 世纪初，建成了大马士革－麦地那铁路线，使得朝觐之路缩短到了五天。

大马士革还曾是阿拉伯帝国的第一个首都。661 年，伍麦叶王朝的第一个哈里发从阿拉伯半岛迁出，在大马士革建都。直到 750 年，阿拔斯王朝掌权以后，才把穆斯林的国都迁往巴格达。在不到九十年的时间里，阿拉伯语成为官方语言，诗歌和音乐在大马士革得到普及，饮酒和吟唱成为宫廷典礼的主要内容，据说第二任哈里发本人还擅长作曲。这样一来，就为后来阿拔斯家族的篡权提供了借口，他们号召穆斯林起来推翻“不敬畏真主的僭位者”。幸好有一位叫阿布杜勒·拉赫曼的王族成员逃命成功，几年后他在西班牙的科尔多瓦重建王朝，又存活了两个半世纪。

在阿拉伯人到来之前，大马士革曾相继被亚述人、巴比伦人、波斯人和希腊人占领，尤其是希腊人。自从公元前333年被亚历山大大帝征服以后，大马士革在随后的一千年里，变成希腊化世

大马士革的旧城门

界的一部分，至今某些拱顶的建筑遗迹犹在。可以说，许多个世纪以来，大马士革不断地被人征服，又不断地征服别人，既富有又贫穷。今天，作为强悍的叙利亚共和国的首都，在英美联军占领巴格达之后，伊朗核危机显露之前，大马士革一度成为下一个攻击的首要目标。

依个人之见，叙利亚之所以看起来强悍，是有它的强大背景和后台的。作为穆斯林世界的精神领袖和财富榜样，沙特阿拉伯的地位和影响力无人可及，它那巨大的石油资源也使任何列强不敢小觑。也正因为这个原因，大马士革没有被大国的威胁吓倒。

就在那个表面上危机四伏的夏天，我从中国出发来到黎巴嫩，并利用周末从贝鲁特出发，乘大巴翻越 1 000 多米高、与地中海平行的山脉。在两国交界处，我见到了年轻的叙利亚总统阿萨德的巨幅肖像（他也出现在叙利亚镑上），花 10 美元购买了一次入境的落地签证。之后，前方仍未出现想象中的沙漠，倒是在两处（其中一处是后来去约旦的路上）三岔路口看见去伊拉克的指示牌，那自然又带给我触动和灵感。

在海边的贝鲁特，阿拉伯世界最负盛名的大诗人阿多尼斯两次在海明威咖啡馆约见我。阿多尼斯本姓赛义德，出生在叙利亚北部拉塔基亚省的一座小村庄，他在故乡长大，后来进入大马士革大学学哲学，开始用阿多尼斯的笔名发表诗作。因为从事政治活动，阿多尼斯被迫出走贝鲁特，加入黎巴嫩籍，继而又流亡到了巴黎，不过，这反而成全了他的诗名。

近年来，阿多尼斯获得了法国、意大利、比利时、土耳其、马其顿、阿联酋和中国等地的各种诗歌奖，并曾多次候选诺贝尔文学奖，且屡屡被赌博公司看中，也曾多次到访中国。2009 年，阿多尼斯的中文版诗集《我的孤独是一座花园》被引进出版，受到中国读者的喜爱。

到达大马士革以后，我在市中心的一家小旅馆安顿下来。并参观了附近的哈米迪亚市场。经阿多尼斯引见，我给画家纳西尔打了一个电话，没想到他当即邀我去他府上小饮。我在大马士革唯一的夜晚，碰巧也是纳西尔的生日前夕，他的经纪人—— 一位穿戴时髦的贝鲁特画廊女主人特意赶来祝贺。当着夫人的面，纳西尔用一种阿拉伯式的幽默向我介绍，这位是他的黎巴嫩太太。纳西尔邀请我当晚留宿他家，并希望我推迟约旦之行，因为第二天有一个正式的生日宴会。“我保证让你找到一位大马士革夫人。”他说。

纳西尔的绘画明显带有超现实主义倾向，宽大的客厅四周布满了他的作品，表现了沙漠中的水和梦幻，尤其是那些头发稀疏（像他本人）、面孔如宝石闪耀的人物肖像，令人过目难忘。更让我惊讶的是，他的口袋里居然藏匿着一面已经褪色的红领巾，与我小时候佩戴的一模一样，而他从未到过中国，这让我对他的晚宴充满期盼。尽管如此，对一个新的国度（还有比这更诱人的吗？）——约旦和死海的向往最终抑制了我的这份好奇心。不过，

哈米迪亚市场

从纳西尔身上，我充分体会到了叙利亚人的热情和幽默。

当我站在纳西尔家的阳台上，看到远处加西雍山坡上星光点点的灯火或闪烁或流动，不由想起风暴中无边无际的沙子。在《阿拉伯的劳伦斯》（1962）这部堪称最伟大的史诗影片里，男主人公这样说道，“沙漠就像是海洋，在那里游牧民族可以肆意纵横”。“一战”期间，这位热爱沙漠、对阿拉伯事务熟稔的英国中尉率领一支小分队长途跋涉，到达约旦南部的港口城市亚喀巴，再向西穿过西奈半岛抵达开罗。而后，他又率领一支军队杀回并攻占了大马士革，他的行军路线正是我告别大马士革所要经过的。

翌日上午，我在出发去安曼之前，游览了大马士革老城区，那是全世界不断有人居住的城区中历史最悠久的。那里有典型的阿拉伯阳台，黑色的檀香木，几乎是全封闭的百叶窗，以便女士也能不被察觉地观赏街景。十年以后，当我游览南美名城利马时，也在老城区发现了阿拉伯阳台。原来，早年利马的西班牙总督来自科尔多瓦，那正是穆斯林占领西班牙时期的首都。

漫步在大马士革老城区的街道上（纳西尔这样的文化人和富人大多居住在城西北或郊外的其他地方），我看见童年在浙东乡村常见的一幕幕景象：烘烤烧饼的圆形炉灶、理发匠的旋转座椅和刮胡子的手艺。我不禁感叹，连续不断的战火居然没有摧毁这座老城，更为难得的是，虽然时光流逝，周边百姓的生活习性并没有改变多少。

最让我感到亲切的，还是那群在镜头面前躲闪又好奇的孩子，他们与全世界同龄人一样天真可爱，且多了一份羞涩的喜悦。终于，我来到举世闻名的伍麦叶清真寺，它的正式名称是大马士革大清真寺。这座一千三百年前的建筑物，是世界上现存最古老的石结构清真寺，据说原址是希腊的朱庇特神庙。中央横道上有一个八角顶，原本为木结构，15 世纪初，蒙古人入侵时清真寺遭到焚毁，后来重建。我特别留意到南侧的大理石窗棂，那是伊斯兰建筑中交叉几何图案的最早范例（这在赫赫有名的大马士革地毯上也可见到）。

在从安曼返回大马士革的旅途中，我又一次花 10 美元购买了落地签证。这回我想到基督教历史上仅次于耶稣的重要人物——

伍麦叶清真寺的圆顶

保罗（Paulos），正是在从耶路撒冷前往大马士革的路上，他皈依了基督教。那会儿保罗还叫扫罗（Saulos），是个虔诚的犹太教徒，他奉命前往大马士革搜捕处于地下的基督教徒。不料半路上，一束强光照射到他身上，耶稣在圣光中跟他说话，叮嘱他停止迫害基督徒，从而使其改宗并易名，成为耶稣直接选中的使徒。保罗后来对基督教的贡献之大，不亚于耶稣本人。

万万没有想到，在我造访大马士革六年以后，阿拉伯世界便发生了“茉莉花革命”。这场革命始于突尼斯，几乎席卷了整个阿拉伯世界，尤以利比亚、埃及和叙利亚最为严重。自从2011年年初以来，政府军与反对派之间的内战旷日持久。后来，又有源自叙利亚东北部和伊拉克西北部的“伊斯兰国”极端组织活动猖獗。

我可以想象，如今的大马士革早已经面目全非。我与纳西尔也失去了联系。令人欣慰的是，经过六年残酷的战争以后，引人注目的阿勒颇战役已经结束，我相信，经过无数次战争洗礼的大马士革，终有一天会拨开乌云，重新迎来光明。

在以字母 D 开头的城市中，我到过的名城至少还有爱尔兰的都柏林、南非的德班、坦桑尼亚的达累斯萨拉姆、吉布提（与国名相同）、阿尔巴尼亚的都拉斯、阿联酋的迪拜、卡塔尔的多哈、塔吉克斯坦的杜尚别，以及中国的大连。其中，去前两座城市的原因是因为诗歌，去杜尚别是因为数学。除了处于吉萨尔盆地的杜尚别（波斯语里意为星期一）以外，其他城市均为海滨城市，不过规模和气候有别。

达累斯萨拉姆和吉布提分别是坦赞和吉阿铁路的起点，前者离赤道不远但气候温和，后者炎热无比；德班作为非洲和印度洋最重要的港口，同时拥有多彩多姿的艺术氛围，葡萄牙大诗人佩索阿在那里度过了童年和少年；迪拜和多哈虽说天气炎热，却利用波斯湾的石油资源、商业技巧和地理优势，成为中东地区经济最活跃和最富想象力的城市，也是航空业的中心；都拉斯的码头区留有许多历史遗留的掩体，如今每天迎来的是意大利游船。大连近年来也取得长足的进步，连同其美丽而独特的自然环境，成为镶嵌在渤海湾的一颗明珠。可是，与拥有无数历史传说的大马士革相比，她们的吸引力和神秘感仍显逊色。

至于那座产生过无数传奇人物的爱尔兰首都，则是因为使用的语言——英语——过于流行而不幸落选。可是，从《夏日最后的玫瑰》这支古老的民歌到当今红遍全球的摇滚乐队 U2，从 3 月 17 日的圣巴特里克节到 6 月 16 日的布鲁姆日，从吉尼斯黑啤酒酿造厂到利菲河畔的坦普酒吧街，从非交换代数的发明人哈密尔顿到布尔代数的缔造者布尔，从引领欧罗巴时尚的唯美主义诗人奥斯卡·王尔德到为爱痴迷的幻想家诗人叶芝，都可以成为包括我在内的各国游客留恋都柏林的理由。

可是，若要举出一位与都柏林关系最为密切的人物，则要数意识流小说《尤利西斯》的作者詹姆斯·乔伊斯，他的第一部作品是短篇小说集《都柏林人》。虽然很少有人耐心读完乔伊斯的巨著，但他拄着拐杖屹立于奥康内尔街头的塑像姿态幽默自然，展现出一种朴素的人情味，使得大众游客争先恐后地与之合影留念，如同屹立在日内瓦湖边的戏剧大师卓别林。对我来说，除了都柏林以外，还有意无意地游历了乔伊斯生命中的另外四个重要地点——巴黎、戈尔韦、的里雅斯特和苏黎世。每一处地方都与诗歌有缘，每一处地方都令我心仪。

E

伊斯法罕：美丽动人的波斯古都

Esfahan

入选理由：17 世纪最美丽动人的城市，有一座精致典雅的伊玛目广场和欧玛尔·海亚姆。一句波斯俗语说得好：伊斯法罕，世界的一半。

游历时间：2004 年夏天。

候选城市：爱丁堡（Edinburgh）、恩德培（Entebbe）、恩泽利（Enzeli）。

11 世纪中叶，土耳其的塞尔柱王朝曾在地处伊朗高原中部的伊斯法罕建都，虽说一个半世纪以后即衰败了，却留下一座圆顶的大清真寺，内外装饰着精美的几何图案。四个世纪后，这座城市才达到了辉煌的顶点，波斯萨非王朝的国王阿巴斯大帝从德黑兰西北部的加兹温迁都此地，修建了许多寺院、旅店、林荫大道、公共浴室和大广场，使之成为 17 世纪最美丽动人的城市。于是，也有了一句流传至今的俗语：伊斯法罕，世界的一半。

2004 年夏天，我来到那个古称波斯的神秘国度讲学，趁机游历了几座名城。那次我从地中海海滨的黎巴嫩首都贝鲁特出发，搭乘伊朗航空公司的一架夜班客机。在进入机舱之前，我就预感到了，由于伊朗与美国交恶，不可能是波音飞机。果然，这是一架图卢兹出品的空中客车。值得一提的是，那座法国南方工业重镇（也是阿丽亚娜火箭的控制中心）曾诞生过毫无应用价值的费尔马大定理。

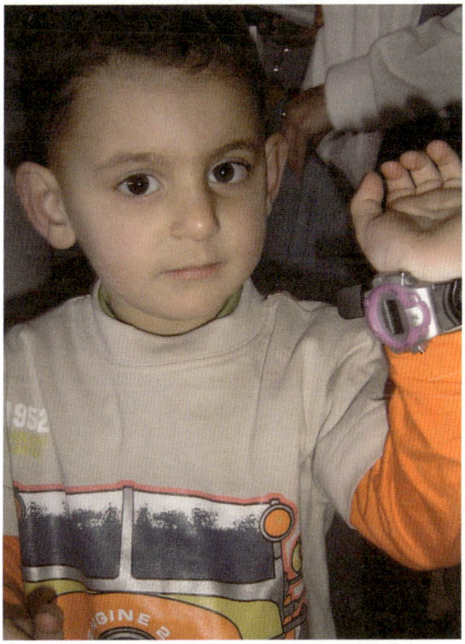

伊朗航空公司飞机上的男孩

出乎我意料的是，这架飞机里没有一面电视荧屏，甚至连播放音乐和广播用的麦克风都没有安装。包裹着头巾的空中小姐只露出嘴，我很难看到她们的笑脸。这与我从迪拜飞往贝鲁特的那家阿联酋航班截然不同，乘坐阿联酋航班时，一位邻座女子甚至允许我正面拍照。当然，她们也无须做例行的安全救生示范。这最后一点我可以理解，因为一路上飞机不飞越任何湖泊或海洋。从地图上看，飞机本该经过叙利亚和伊拉克领空。但两国交恶，因此极有可能绕道土耳其南方，这我就无法知晓了，因为看不到航路图。

唯一的安慰来自后排的男孩，他的母亲会说几句英语。当我到机尾准备上洗手间时，却发现一间七八平方米大的空房子，里面铺着考究的波斯地毯。不时有乘客脱鞋进入。仔细一看，原来是一间祈祷室。我到过不少伊斯兰国家，这一幕还是头一次见到，实在是有些奢侈了。同样让我惊讶不已的是，从古丝绸之路的驿站——大不里士开往里海之滨恩利克港的一辆晚点的巴士上，司机在凌晨一点从容而准确地把乘客送到一处停靠站，不是夜宵点而是祈祷室。

三个小时以后，飞机抵达德黑兰机场，东方才刚露出鱼肚白。我没有停顿，接着换乘国内航班，飞往南方的设拉子，到达时已经阳光灿烂。果真是一座“诗人和玫瑰花的城市”，旅客信息中心的服务员送我一幅波斯语的地图以后，听说我是诗人，立马就要通知市作家协会，被我婉言谢绝了，但我没有错过哈菲兹的墓园，那是歌德顶礼膜拜的诗人。我在伊朗驻上海领事馆申请签证时，总领事也曾慷慨地赠送了一套中文版《哈菲兹抒情诗全集》。

告别设拉子以后，我掉头北上，开始游览这个古老的国度，下一站就到了伊斯法罕。在贝鲁特时有人告诉我，到伊朗可以不去德黑兰，但若错过伊斯法罕就遗憾了。六个多小时的大巴之旅，让我见识了这个国家的村庄、土地、山脉，以及警察的威风。由于语言的障碍，我无法和车上的其他乘客交流，我会说的波斯语只限于简单的问候，认得的也只是几个数字，后者与真正的阿拉伯数字（并非我们熟悉的那种）大同小异。

抵达伊斯法罕时已近黄昏，等我找到一家孪生兄弟开的旅店安顿下来，天色已经完全黑下来了。我在附近的小吃店用过晚餐，便回到旅店准备休息。可是，庭院里喷泉的水流触动了我的灵感，我睡不着觉，起身写下了一首诗《细流》，其中有这样两节：

两位波斯少女住在隔壁
她们有时说话，有时消失
像高原上的河流

一棵椰枣树耸立在窗外
在没有月亮的夜晚它就是月亮
静静地照耀着细流和梦

的确如此，第二天我就发现，伊斯法罕是一座处处有水流的城市，无论是在花园里，还是在人行道边上，都有小河沟。对于一座海拔 1 600 米高的城市来说，这无疑又是一种奢侈。

与此同时，伊斯兰的禁忌在这个国家也特别多。妇女要包裹黑色的头巾，耳朵不能外露，有的甚至只露出两只眼睛，更不能穿短袖的衣服，男人则不许着西装短裤。公共汽车分成前后两部分，中间由一根护栏分开，没有售票员，后面的妇女不能穿越护栏和车厢。只有下车以后走到前面的驾驶室旁，向司机递交事先购买的车票或其他证明。我后来推想，伊朗女性尚不能在公众场合工作，因此无法雇用女售票员。

公共汽车上的妇女，她们在车厢的后半部

在市中心的一条步行街上，我好不容易遇见一对恋爱中的男女，他们是伊斯法罕大学的学生，这回只看见女孩脑后披着头巾。我们用英语愉快地聊了一会儿后，为了活跃气氛，我提议为他们照一张相，结果女孩坚决拒绝，解释说还不是夫妻不能拍照。出人意料的是，当问起我能否和她合影时，她和她的男友都爽快地答应了。而在同一条街上遇到两个女中学生，情况就不一样了，她们非常大胆地在镜头面前做鬼脸。可以想象，即便在伊朗，人的观念也在逐渐改变。

伊斯法罕最令人震撼的，还是市中心闻名于世的王侯大广场。长 510 米、宽 165 米的大广场绿草如茵，面积是莫斯科红场的两倍，仅次于北京天安门广场。王侯大广场由萨非王朝的统治者阿巴斯大帝于 1612 年下令兴建，原本用作马球场，1979 年便入选世界文化遗产。

伊斯兰革命以后，王侯大广场改名伊玛目广场。伊玛目在什叶派那里的意思是最高宗教领袖，在逊尼派那里指的却是学者，对应的阿訇相当于基督教的神父。广场的南端便是伊玛目清真寺，寺内外由精美的瓷砖镶嵌而成，大门镀银，写有许多诗文，是用美丽的波斯文纳斯塔利克体书写的。

整座清真寺建筑宏伟、设计精美，寺院南侧的大拱顶高 54 米，主要部分均镀金或银，辉煌夺目，光彩照人。若站在正对着拱顶的回音石附近拍手，可听到多次洪亮的回声。拱顶两侧有两个尖塔，高 43 米。寺内还有一个三角形的日晷，是当时人们用来测算

伊玛目大广场

时间的。17 世纪建寺时，西侧有讲授神学的教室和讲堂，现仍保留多处礼拜和祈祷的地方。

伊斯法罕还有一座四十柱宫，同样修建于 17 世纪，坐落在一座面积与大广场相近的花园里。这是阿巴斯二世用以接见外国使节和贵宾的地方，旁边有一座一百多米长的水池。如果仔细查看，会发现宫殿只有二十根柱子，加上水池的倒影才起名四十柱宫，这让我想起扬州的二十四桥传说。宫内的四壁和天花板上有精美的壁画，展示了战场、外交和社交舞会的场景，还有动植物的装饰画，笔法细腻、线条柔美。

不可思议的是，气势更宏伟的伊斯法罕大清真寺却坐落在城北的一座小镇。它的历史更悠久，由塞尔柱王朝的统治者马里克沙的大臣穆尔克（同时也是伊斯兰世界第一所大学——巴格达尼采米亚大学的创办人）在11世纪后半叶主持修建的。据说在这位有学问和修养的波斯大臣主政下，帝国所有大路都十分安全，即使远道而来的叙利亚商队，也不需特别的护卫。公共卫生措施十分得当，澡堂里的污水均灌入专用水坑，不得流入河流。

在穆尔克重用的波斯同胞中，最著名的要数数学家兼诗人欧玛尔·海亚姆，他不仅因给出三次方程的几何解名垂数学史，也因其美妙动人的四行诗载入文学史。海亚姆曾受邀长期主持伊斯法罕天文台，马里克沙要求他进行历法改革，他经过严密的观察和计算，提出在平年365天的基础上，33年闰8天。如此一来，一年就成了365又8/33天，与实际的回归年（地球绕太阳公转一圈所用时间）误差不到20秒，比今天我们普遍使用的公历还要精准。

遗憾的是，在马里克沙去世以后，历法工作因缺乏支持半途夭折了，海亚姆在一首四行诗中叹息道（《鲁拜集》第57首）：

啊，人们说我的推算高明
纠正了时间，把年份算准
可谁知道那只是从旧历中消去
未卜的明天和已逝的昨日

我参观大广场那天刚好是周末，草坪上铺满了花布垫子，围坐着一圈圈亲朋好友，他们带来各种好吃的食物和饮料。如果你稍作停留，或假装探听一个地方，就会被邀请入席。还在贝鲁特时，就有人告诉我，除了地毯，伊朗还盛产苹果和美女。这个说法很快得到证实，我还发现，伊朗女子多清瘦、冷漠，相比之下，在另一个盛产美女的阿拉伯国家——黎巴嫩，女子则丰满、热情。毫无疑问，这与两国的经济水平和宗教习俗的严厉与否有关。

在久负盛名的伊朗电影导演阿巴斯的作品里，我也曾欣赏过伊朗女子的美丽，他的代表作包括《随风而逝》《樱桃的滋味》，后者获得了戛纳电影节金棕榈奖（1997年）。阿巴斯（Abbas）其实是个常用的阿拉伯名字，与赫赫有名的以巴格达为首都的阿拔斯（Abassid）王朝拼写并不相同。Abbas在波斯既是姓，又是名。前者有阿巴斯大帝和二世，后者有导演阿巴斯，他的姓为基阿鲁斯达米。

阿巴斯原本是个画家（诗集也已被译成中文出版），18岁考入德黑兰美术学院。由于没有按时完成学业，拖了13年才毕业。与此同时，他学会了平面广告设计和影视广告拍摄。1969年，29岁的阿巴斯应邀为一所青少年教育学院创建电影系，这成为他艺术生涯的转折点。阿巴斯从此有机会利用系里的设备拍电影，该系后来成为伊朗电影复兴基地。2016年夏天，他不幸因病在巴黎逝世。

那天黄昏时分，我路过一家水果店，看见一个中年男子手里举着一个20多斤重的大西瓜。原来，这位政府官员的弟弟刚从沙特的麦加朝圣归来，许多亲戚聚集到他家里，庆祝一个梦想的实现。他还没与我说上几句话，便邀请我去他们家做客。考虑到他家有高堂，我不忍心去打搅，谢绝之后又觉得十分惋惜，这也是我伊斯法罕之行的一个遗憾。

翌日上午，我花费约一元人民币乘坐的士，来到城南一百多米宽的扎因代河边，参观了不同年代建造并留存下来的桥梁。此行印证了一个事实：伊斯法罕是桥梁的博物馆。印象最深的是一座双层石桥，共三十三孔，修建于阿巴斯二世时期。这座桥美丽且有多种用途，既沟通两岸又用作水坝，在桥上我还见到一些男子和妇女在那里休闲聊天。

说到的士，有一个故事。离开伊斯法罕后，我乘夜班火车去了首都德黑兰。有一天，我想打的去德黑兰大学，便请一位学生模样的行人帮我拦截的士，刚巧他会英语。没想到，他打开车门让我上车，对司机解释了我的目的地以后，还从口袋里掏出纸币，把车钱也给预付了。至今我仍记得，他潇洒地关闭车门说拜拜的情景。

在以字母 E 开头的城市里，能够与伊斯法罕竞争的无疑只有苏格兰首府爱丁堡了。后者的银行自己发行英镑，且有自己的议会。作为伦敦以外最吸引游客的英国城市，爱丁堡还诞生了不少穿裙子的绅士。例如，坚信世上不存在无因之果的哲学家大卫·休谟，最早认识到劳动分工内涵并率先把经济理论系统化的经济学家亚当·斯密，发现电磁学基本定律的物理学家詹姆斯·克拉

夜晚扎因代河上的桥

克·麦克斯韦。

遗憾的是，如此有成就和个性的苏格兰人却没有自己的语言，这一点甚至不及小巧玲珑且偏僻的威尔士。或许是一种弥补，苏格兰人把更多的聪明才智用在技术创新方面。在麦克斯韦之前有蒸汽机的发明人瓦特，之后有电话的发明人贝尔、青霉素的发明人弗莱明和胰岛素的发明人麦克里奥德。在这些伟大的发明中，也蕴含着高度的艺术修养和直觉。据说麦克斯韦方程组最初比较复杂，物理学家相信表达物理世界的数学应该是优美的，因而推倒重来并取得成功。

同样令人惊奇的是爱丁堡这座城市的地貌，她建在一个雄伟的谷地两侧。假如是乘火车抵达，出站以后，抬头可见高坡上耸立着多座巍峨的建筑，包括闻名于世的苏格兰城堡；低头可见一片美丽的大草坪，那正是王子街心花园。夕阳西下，一群孩子在绿草如茵的草地上踢球，尽头是皇家学院和国立画廊，这一色泽和动感之美令我难忘。还有爱丁堡艺术节的举办地皇家英里大道，穿裙子的男子在街角吹着风笛。可惜我两次造访爱丁堡都有点晚了，在此文写成之后。

F

佛罗伦萨：无与伦比的艺术与才智

Firenze

入选理由： 欧洲文艺复兴的首都，拥有无与伦比的艺术和才智。此城使用的方言成了标准的意大利语，铸造的金币成为世界货币的楷模。

游历时间： 1999 年夏天、2005 年秋天。

候选城市： 法兰克福（Frankfurt）、弗雷斯诺（Fresno）、福冈（Fukuoka）。

在太平洋彼岸，有一个被称作“黄金之州”的加利福尼亚，其包括 GDP 在内的国民经济各项指标仅次于美国、中国、日本和德国，在全世界名列第五。这使我想起亚平宁半岛一座中等规模的城市——佛罗伦萨，她在欧洲文艺复兴时期所贡献出来的才智和

佛罗伦萨的海王星喷泉

艺术，在世界上也只有少数几个国家可以媲美。

首先，让我们列举几位这座城市涌现出来的非凡人物：诗人但丁、作家薄伽丘、建筑师布鲁内莱斯基、物理学家伽利略、政治哲学家马基雅维利。当然，还有艺术家乔托、波提切利、阿尔贝蒂、达·芬奇和米开朗琪罗。正是这些天才人物的涌现，才开创了灿烂辉煌的欧洲文艺复兴。

同样值得一提的是，伟大的艺术赞助商、佛罗伦萨世代相传的统治者美第奇家族。由这个家族派驻的西班牙塞维利亚的商务代理亚美利哥·韦斯普奇的名字，竟然用以命名两个大陆（南美和北美）。正是由于美第奇家族的出现，当年佛罗伦萨人使用的方言成为今天标准的意大利语，而佛罗伦萨人铸造的弗罗林（Florin）金币，也成为世界货币的楷模。

20世纪的最后一个夏天，我在罗马参加了欧洲数论会议之后，独自乘飞机前往雅典，在希腊本土和克里特岛游玩了一周，然后从雅典飞回米兰。以往我只知道外国的往返机票价格优惠，许多时候比单程还要便宜。那次旅行让我明白，如果是同一家航空公司，即使出发和返回地点不同，只要是两座方向大体相同的城市，也可以视作双程。这就是为何我没有返回罗马，而是直接来到了米兰。

在游览了闻名于世的米兰大教堂和斯卡拉剧院以后，我去圣玛利亚修道院瞻仰了达·芬奇的壁画《最后的晚餐》（错过了圣弗朗切斯科教堂的祭坛画《岩间圣母》）。我惊讶于对面墙上另一幅壁画的默默无闻，那情景仿佛一位美丽的女子常常由一位相貌平平的女友陪伴。接着，我乘火车依次游历了水城威尼斯和伽利略的比萨。终于，在一个晴朗的早晨，我来到梦寐以求的佛罗伦萨。

很快我就发现，这座城市的游客与居民的人数不成比例，大教堂和乌菲齐美术馆门前的购票队伍通常有百余米长，等候一两个小时是比较正常的。显然，佛罗伦萨旅店的房源也比较紧缺，可我来得正是时候。早起的背包族和我一样开始了新的行程，我顺利地在一家青年旅社找到一个单人房间，价格优惠得连我自己都不敢相信，只要一百元人民币。当然，别指望里面有一扇窗户。

安顿好行李以后，我步行向南来到了大教堂，这座暖色的建筑以巨大的圆顶闻名于世。顶上的尖塔终日被游客环绕，站在那里可以俯瞰全城，这在古典建筑中独树一帜。教堂的设计者布鲁内莱斯基用自己独特的方式把立柱、壁柱和拱结合在一起，达到一种轻快、优雅的效果，此后的五百年间，欧洲和美洲的建筑师们亦步亦趋。

在绘画领域，布鲁内莱斯基也给后世留下了丰厚的遗产，他发明了透视法。希腊人通晓短缩法，画家们擅长营造景深感，但不知道远处的物体体积上如何缩小，所幸布鲁内莱斯基找到了解决这个问题的数学方法。我相信，如果布鲁内莱斯基这个名字的汉译不是那么拗口，他在中国的知名度将会大大提高。不过，与他一起分享发现透视法荣誉的还有乌切洛、马萨乔、德拉·弗朗西斯科等人。

在热那亚出生的阿尔贝蒂比布鲁内莱斯基晚一辈，他的父亲是佛罗伦萨人，24 岁才获准回到故乡，成为一位银行家。阿尔贝蒂少时即随父亲学习数学，很早就用拉丁文写作喜剧，后来又获法学博士学位，并曾任教廷秘书。他利用自己掌握的几何知识，在历史上首次得到在平面木板或墙壁上绘出立体场景的规则，这对意大利绘画和浮雕起了立竿见影的效果，产生了准确、丰满、几何形的合乎透视法的绘画风格。

“一个人只要想做，他就能做成一切事情。”阿尔贝蒂说到做到了，他是典型的文艺复兴式人物。“我希望画家应当通晓全部自由艺术，但我首先希望他们精通几何学。”他对透视法特别感兴趣，同时注意到了：

> 在我们的眼睛和景物之间安插一张直立的玻璃屏板，设想光线从一只眼睛出发射到景物的每一个点上，那这些光线穿过玻璃时所有点的集合就产生一个截景。作画的关键问题就是在玻璃（画布）上作出一个真正的截景。而如果眼睛和景物之间安插两张玻璃，则截景将有所不同。

阿尔贝蒂问:“任意两个平行的截景之间有着什么样的数学关系？”这个问题是数学的一个重要分支——射影几何学的出发点。当时它可把意大利的数学家都难住了，直到两个世纪以后，法国数学家德扎尔格才予以解答，并因此创建了一门新的几何学。

布鲁内莱斯基去世那年，波提切利降生了，六年以后，达·芬奇也出世了，他后来精通几何学，想必是受到布鲁内莱斯基和阿尔贝蒂这两位前辈的影响和启发。事实上，同为私生子的达·芬奇小时候不像阿尔贝蒂那样幸运，他 15 岁开始做学徒工，30 岁前后才有机会学习几何学，并对透视法做了研究。他画出《最后的晚餐》和《蒙娜丽莎》时，已经分别是在 46 岁和 52 岁了。

从大教堂向南走不远，一条小巷深处有一座小教堂，以大诗人但丁的名字命名，两侧墙壁上各挂着一幅油画。左边那幅较小，描绘了诗人和新娘迈出教堂的情景，右边那幅较大，捕捉到诗人在阿尔诺河畔初见他的缪斯——贝雅特里齐的瞬间。但丁全家都是这个教堂的成员，他一生中最重要的两个女人葬在附近的同一座墓地里。

从但丁故居向南再走上一刻钟，就到了著名的乌菲齐美术馆，那原来是美第奇家族的办公室，这也是乌菲齐在意大利语里的本义。藏画中有拉菲尔的《自画像》，可是最著名的要数波提切利的《维纳斯的诞生》，站在贝壳上面的女神脖子长得不合比例，却有着惊人的美艳。在隔壁房间，还有他的另一幅规模同样宏大的作品《春》，画中每一个次要人物都很出色，唯独维纳斯略为逊色，这几乎毁了整件作品。

《维纳斯的诞生》的委托人是美第奇家族的一名成员，他还雇用了另一位佛罗伦萨人亚美利哥。亚美利哥在塞维利亚和意大利

波提切利的《维纳斯的诞生》

老乡哥伦布结为好友，动了探险的念头。在哥伦布首次远航归来六年以后，他率领一支船队前往美洲，抵达了圭亚那海岸并发现亚马孙河口，他在给主人的信中断定自己发现了新大陆，而哥伦布至死都以为自己抵达的是印度。

乌菲齐美术馆门外矗立着米开朗琪罗的雕塑《大卫》，它看上去比真人略大，却是一件翻版，原件藏在城东北的美术学院陈列馆。在中国，达·芬奇的地位是至高无上的，但我觉得米开朗琪罗才是伟大的天才，他（与达·芬奇一样）出生在佛罗伦萨郊外的一座小镇，自幼被美第奇召入“宫中”。他不仅在绘画和雕刻方面有着无与伦比的成就，同时又是极富天分的诗人和建筑师。

在被改编成电影的美国作家欧文·斯通的小说《痛苦与狂喜》中，米开朗琪罗被描绘成一个与梅家小姐有精神恋爱的工作狂。遗憾的是，米开朗琪罗和达·芬奇的几幅杰作均不在故乡，而是为罗马（《西斯廷教堂天顶画》）、米兰和巴黎等城市增光了。离开乌菲齐以后，我步行向东，走上大约十分钟，就到了河边的圣克劳斯教堂。

这座教堂的外表并不引人注目，里面却沉睡着多位巨人，可谓是佛罗伦萨乃至意大利的先贤祠。走进教堂的大门，才发现所有的墓都是倚墙而建，就像浮雕那样。右侧第一座是米开朗琪罗，他的半身胸像安放在中央，一副愁苦的面容，旁边的三位少女也不开心；接下来是但丁，他坐在顶端低头沉思，右手托着腮部，两边各有一位少女，左边的那位手持鲜花，右边的那位读书小憩。

遗憾的是，我在教堂里没有发现《十日谈》作者薄伽丘的影子，他与但丁、彼得拉克被誉为文艺复兴时期“文学三杰”。薄伽丘的故乡契塔尔多就在佛罗伦萨东南方向 35 公里处，他在那里去世并下葬。薄伽丘与“黑暗时代”的命名人、人文主义始祖、诗人彼得拉克是好友和通信者（但丁与彼得拉克的父亲也是好友），后者的故乡阿雷佐也在佛罗伦萨东南方向，只不过距离稍远，约 80 公里，不属于佛罗伦萨省，但仍在托斯卡纳大区。

第四位是马基雅维利，他的半身胸像上方是一位少女；最后一位是晚辈作曲家罗西尼，他在巴黎度过晚年，原葬于拉雪兹公墓，19 世纪末才移葬于此，原因不详。罗西尼以歌剧《塞维利亚的理发师》和《威廉·退尔》闻名于世，前者与另一部歌剧《费加罗的婚礼》的原作均为法国作家博马舍的同名政治喜剧，后一部由奥地利作曲家莫扎特谱曲，两者可以视为上下集。

而在另一侧，依次竖立着伽利略、达·芬奇和拉斐尔等人的纪念碑，从外形看与墓并无任何区别。如此看来，圣克劳斯教堂的确是游客不容错过的一个地方。

在这些先贤里，文艺复兴时期“艺术三杰”中最年轻的一位拉斐尔与佛罗伦萨关系稍远，他出生在一座叫乌尔比诺的小镇，它隶属亚得里亚海滨的马尔凯地区（与罗西尼是老乡）。年轻时因为仰慕达·芬奇和米开朗琪罗的名气，两次来到佛罗伦萨，他的作品因此受到两位长辈的滋养和熏陶。

有一封拉斐尔的亲笔信留存下来。25 岁那年，拉斐尔从佛罗伦萨写信给故乡的叔叔，希望帮他弄到一份推荐信，他想投标佛罗伦萨市政厅（维奇奥宫）一间会客厅的装潢。此事并无下文，不久拉斐尔便应邀去了罗马，次年他被任命为梵蒂冈首席画家，并开始壁画《雅典学院》的创作。拉斐尔的圣母像以宁静和秩序取胜，一如他文雅、平和的性格，可惜在37岁那年，因医生的误诊英年早逝。如同莎士比亚一样，拉斐尔的忌日也是生日，并且同为四月。

这些先贤中，有一位站在美第奇家族的对立面，那就是马基雅维利。马基雅维利出身于破落的贵族之家，快到而立之年的时候，美第奇家族的统治被推翻了，他在新成立的共和国里任职，并出使过法国和德国。没想到十四年后，美第奇家族卷土重来。马基雅维利锒铛入狱，获释后他移居佛罗伦萨郊外，得以写成哲学名著《君主论》，给自己留下了不讲道义、不顾廉耻的恶名。

这部著作给一国之主提供了统治手段，其中最有名的格言是：为了达到你的目的，可以不择手段。此书被称作“独裁者手册”，拿破仑将它放在枕头底下，墨索里尼公开予以赞扬，希特勒和斯大林也爱不释手。的确，将近五个世纪以来，这部因宦海失意产生的书的影响力一直不减。

夜幕徐徐降临，我来到阿尔诺河畔，漫步走向美第奇宫附近的老桥。此桥因桥面建有房子而闻名，除了空旷的桥中央（白天被小贩、艺人、游客占据）以外，两端各有两层楼的普通民宅。桥下的水流缓慢而浅显，唯有轻舟方能通过。这一幕让我相信，这座城市的荣光和辉耀属于过去，它们是佛罗伦萨人民热烈追求艺术、

维奇奥宫夜景，它建于 13 世纪，是佛罗伦萨的旧市政厅

宗教、权力和金钱的凭证和结晶。

遗憾的是，那次旅行我没有获得灵感。直到2005年秋天，我从罗马乘火车前往的里雅斯特参加诗歌节，途经托斯卡纳。旧地重游，我心头涌起一股暖流，伴随着伤感，即兴写了一首诗：

罗马古道

从前我曾走过这条路
风景依旧历历在目
隧道、小溪、葡萄园

铁道线依旧弯来曲去
同样是上上下下的乘客
只不过会说英语的人多了

亚平宁的雨斜落在玻璃上
时光犹如暮色中的炊烟
飘走了又被风吹回来

但那只是偶然的相聚
假如你遇见旧时的恋人
最好把她当成一次回忆

佛罗伦萨的日落，远处高建筑分别为主教堂和乌菲齐美术馆

以F开头的城市屈指可数。其中德国南方的法兰克福与我有缘，最初一次是在车站喝过一杯啤酒，并观看了韩日世界杯中巴之战，最近一次是应邀参加了法兰克福书展，三联书店安排，我做了一次诗歌讲座和朗诵，我的两位德文翻译托比亚斯和乔安娜夫妇也来了。在此期间，作为欧洲大陆最大的中转站，我也曾多次在法兰克福起降，每回都会在候机大厅的歌德咖啡馆小饮，这座城市也是许多著名诗人的出生地。

而在遥远的美洲，一座默默无闻的城市却永留在我的记忆中，那便是加利福尼亚中部的弗雷斯诺。弗雷斯诺是我首次出国访学的城市，由于地处内陆山谷，且与沙漠相距不远，有着炎热漫长的夏季。而我因为是初次出国，对美国十分好奇，加上那时中国较为贫穷，竟然在弗雷斯诺生活了一年零一个月，使之成为中国以外我居住最久的城市。我在那里写下的诗篇之多，也是杭州以外的其他城市难以匹敌的。

而在东方邻国日本，与上海仅一小时航程的临水城市福冈，我也多次造访，且都是因为数学的缘故。最近一次是2013年秋天，我们下榻在市中心天神地区的一家旅店。小巧的客房设备齐全，早餐尤为丰盛。但每天要坐一小时公共汽车去九州大学开会，十分不便，好在路上可以眺望港湾的景致。会议室附近有几座村舍，那里的农用拖拉机和新款的奔驰汽车相邻而泊，构成了一幅现代乡村的风俗画。

G

日内瓦：优雅的万国之都

Geneva

入选理由：以其优雅、恬静和宽容接纳了全世界，无愧于“万国之都”的美誉。异乡人拜伦和雪莱相识于此，加尔文和卢梭在这里迸发出无尽的灵感。

游历时间：2002 年夏天、2007 年夏天。

候选城市：戈尔韦（Galway）、热那亚（Genova）、格拉斯哥（Glasgow）、哥德堡（Goteborg）、格丁根（Gottinggen）、格拉纳达（Granada，尼加拉瓜）、格拉纳达（Granada，西班牙）、广州、瓜亚基尔（Guayaquil）、桂林。

第一次造访日内瓦纯粹是个意外。事情得从 2002 年春天说起，那时我在法国东部的南锡大学进行学术访问。有一天，我应苏黎世诗歌节组委会的邀请，乘火车东行至与德国接壤的欧洲议会所在地——斯特拉斯堡。而后，换乘一列南行快车，沿莱茵河进入瑞士。在火车快要到达巴塞尔车站时，我从口袋里掏出护照，准备随时接受海关工作人员的检查。

那时瑞士联邦尚未加入申根组织，因此来欧洲之前，我向瑞士驻上海总领事馆申请签证。接电话的工作人员声称，瑞士并未对中国公民旅游开放，更不会接受个人旅游签证的申请（彼时我尚未接到苏黎世诗歌节的邀请函）。我平静而又自信地回答："领事馆的首要任务应是为所在地居民办理旅游签证。"当电话那头换成彬彬有礼的瑞士签证官，剩下的事情就好办了。

也就是说，我得到了我想要得到的，即一次入境的瑞士签证。没想到的是，巴塞尔车站月台上的海关官员（一位和蔼可亲的女士）在看过我护照上的签证（堪称所有签证中色彩最愉悦的）以后，只说了一个英文单词 wonderful（好极了），便做了放行的手势，根本没有在我的护照本上加盖海关日戳印章。那时我尚无法预料，这是我与瑞士持续不断的缘分的开始。我甚至也未听说过巴塞尔市民费德勒，那会儿他还没有赢得任何一项网球大满贯比赛的桂冠。

而当我结束苏黎世的行程，经由与瑞士邻接的小公国——列支敦士登，进入申根国家——奥地利时，遇到的情况也大体类似。因此当夏日来临，我在意大利参加了热那亚诗歌节，准备返回巴黎时，毫不犹豫地选择再次进入瑞士。不然的话，我需要绕道摩纳哥和马赛。这回，我经由的停靠站正是法语区的日内瓦，一来，日内瓦就在我返回巴黎的途中；二来，我的一次入境瑞士签证依然有效。

一天中午，我在意大利电影大师费里尼的故乡里米尼（紧挨着欧洲最早的共和国——圣马力诺）看过韩日世界杯决赛（巴西队依靠大罗纳尔多的两次进球击败了德国队）以后，独自乘火车北上。我在米兰换乘一列“欧洲之星”快车，穿过阿尔卑斯山下长长的辛普森隧道，进入以滑雪胜地著称的瓦莱州（我来此探访德国诗人里尔克的故居和墓地则是在六年以后），再沿着美丽的日内瓦湖（法国人称莱芒湖，而德文里叫根费尔湖），经洛桑到达日内瓦。

带着愉快的心情来到日内瓦，自然也玩得惬意，更何况这是一座迷人的城市。日内瓦位于日内瓦湖的西南端，此湖不仅是阿尔卑斯山区最大的湖泊，也是欧洲知名度最高的湖泊。罗讷河从湖东注入，又从湖西的日内瓦流出，包括里昂、阿维尼翁和阿尔勒等名城都依偎在此河畔，最后她在蔚蓝海岸汇入地中海。站在河湖的交汇处，我看见一注高耸入云的水珠，那是世界上最壮观的喷泉，高达 140 米。我后来查过，Geneva 的词根 gen 在凯尔特语的含义正是“河口”。

日内瓦位于阿尔卑斯山和侏罗山间的一个盆地中央，海拔大约 375 米，加上湖水的调节，夏季气候温和。这里处处绿茵浓浓，甚至有轨电车的枕木间也铺上了绿草。我想起巴黎的一位友人说过，在法国城市里看不到裸露在户外的电线，而瑞士甚至连乡村也看不到电线，全埋在地下了。这位朋友还说，这就是富裕国家和超富裕国家之间的差别。我几乎完全相信他了。

可是五年以后，却被我亲眼看到的现实否认了（丝毫不影响我对这个国家的好感）。那次我应瑞士一家私人基金会的邀请，在日内瓦湖畔的拉芬尼庄园做客三个星期，周围是村舍和葡萄园。那堪称是一次五星级的度假，五位来自不同国度——法国、意大利、波兰、俄罗斯和中国的写作者，应邀来到这座美丽的大房子里。

在拉芬尼庄园，有三位厨师轮流给我们做饭，水果和美酒应有尽有，以至于那年夏天成为我诗歌写作的高峰期，其中一首六行诗的灵感便来自日内瓦湖：

蒙特勒皇宫酒店，俄国作家纳博科夫在此度过生命的最后 16 年

日内瓦湖畔拉芬尼庄园，每年邀请数十位世界各国作家小住

诗人的心

一片些微的亮光突然
在乌云密布的天空出现
给湖水添加了一丝蓝色

诗人的心也理应如此
拨开忧愁的迷雾之后
在黑暗中打开一扇窗子

拉芬尼的主人是德国著名的文学出版商，包括福克纳、萨特、

海明威、纳博科夫、加缪、格拉斯、厄普代克、品特等作家的德文版著作均交由他出版。想必这位出版商和他的夫人十分好客，这些大文豪大多来此小住过，我下榻的房间就叫“海明威屋”。客厅里留下作家们写给主人的信件复印本，不出我所料，以海明威的文字商业气息最浓，他总喜欢和出版商讨价还价。

有一天黄昏，我们应邀进了日内瓦城，在一位二十多年前到访过中国的女作家府上做客。印象最为深刻的是，她家门外的信箱竟然是一只废弃的大油桶。几天以后，拉芬尼为我们举行了一场朗诵会，日内瓦城和附近的作家和文学爱好者纷纷前来，挤满了庭院。可是，唯独不见我最想见到的路易丝·斯诺，她是《红

埃德加·斯诺的遗孀（已故）和子孙

星照耀中国》一书作者埃德加·斯诺的遗孀。不巧那天她身体欠安，没能前来。

我因此在返回中国前夕，专程乘火车去尼翁看望了88岁高龄的路易丝，没想到她竟然独自开着一辆红色的小车在郊外的车站迎候。路易斯比斯诺小15岁，出生在加州小镇斯托克顿。她年轻时主演过几部电影，与斯诺生过一对儿女，那天儿子克里斯多夫（翌年因病去世）和女儿Sian（这个名字显然是为了纪念斯诺的中国之行）也来了。

1972年，尼克松来中国访问时，斯诺因患癌症在家中去世，因此他没有见到《上海公报》的发表。按照斯诺的遗愿，他的骨灰一半葬在哈得孙河畔，另一半葬在燕京大学校园内（今北京大学）。翌年，露易丝携带骨灰亲往北京。斯诺去世以后，路易丝出版了丈夫的遗著《革命万岁》，她自己也写过一本书《埃德加·斯诺的中国》。路易丝告诉我，斯诺年轻时在纽约炒股赚了钱，才有机会周游世界，他在中国待了十三年，曾在燕大教授新闻学，并趁机学会了中文。

值得一提的是，在与拉芬尼相邻的另一座小村庄托洛什纳兹（Tolochenaz），曾经住着一位大明星，那便是奥黛丽·赫本——电影《罗马假日》的主演。赫本出生于布鲁塞尔，63岁因患阑尾癌去世，她生命的最后30年都住在这座小村庄里。有许多次我乘公共汽车经过那里，其中一次特意下来瞻仰了她的故居和墓地。她的墓园与卧房相距仅几十米。这不由得让我猜测，此乃月光之夜她常来散步的地方。

瑞士是这样一个国家，她让我们忘却每一位王公或首相，却吸引了欧美许多知名人士，其中有一些处境危难，瑞士（尤其是日内瓦）为他们提供了可靠的庇护。例如，因针砭时弊被迫流亡的伏尔泰，出版了小说《爱弥儿》后受到政府通缉的卢梭（日内瓦也是他的出生地），私生活屡遭攻击愤而出走的拜伦，为了爱情与女友私奔的雪莱，等等。

前两位法国人生活在 18 世纪，一位是作家中最有思想性的，另一位是哲学家中最有文学气息的，他们身上体现出法兰西民族精神的特点——批判精神，还有机智和讽刺的才能。后两位英国人生活在 19 世纪，作为浪漫主义诗歌的代表人物，一个生性放浪不羁，另一个追求热烈的爱情，两人在日内瓦郊外相逢并成为至交。

在伏尔泰和卢梭生活的时代，日内瓦尚未加入瑞士联邦。法国大革命以后，法国人一度吞并了日内瓦，但拿破仑仍不放心，“那个城市太熟悉英语了”。这应该也是拜伦和雪莱来此的一个原因吧。而瑞士人自己则认为：“瑞士之所以成为瑞士，是因为有些德意志人不愿做德国人；有些法兰西人不愿做法国人；有些意大利人不愿做意大利人。”于是，这些人一起成为瑞士人。

考虑到瑞士的物价昂贵，我第一次造访日内瓦时住在城北一座大学的学生宿舍里，暑假期间被校方用作青年旅舍。打工的学生店员告诉我，有一家尚未完工的卢梭纪念馆，坐落在一条不知名的小巷里。我学生时代拜读过卢梭的《忏悔录》，它与罗曼·罗兰的《约翰·克利斯朵夫》都是我的最爱。纪念馆占地面积不大，却专门为他的红颜知己——华伦夫人留出一间展厅，她那华贵的身体印在白墙上，与正在进行最后一道工序的油漆工一起留给我深刻的印象。

在卢梭出世前一个半世纪，加尔文在日内瓦辞世，他带给这座城市的影响力无人可比。加尔文是马丁·路德之后最著名的新教领袖，也是欧洲历史上的重要人物，在他的领导下，16世纪的日内瓦成为“新教的罗马”。由于日内瓦的地理特征是悬孤于本土之外，它的四周几乎全被信奉天主教的法兰西领土所围绕，因此做到这一点着实不易。

日内瓦人一直使用法语（大部分瑞士人说德语，法语是次要语言，还有一小部分人说意大利语或罗曼语），这说明语言与宗教相比是更本质、更不易改变的东西。第一次世界大战爆发前夕，阿根廷少年博尔赫斯随治疗眼疾的父亲和家人来到此地，他在著名的加尔文学院就读四年，一度为法语所困扰。博尔赫斯不仅在日内瓦度过了难忘的青春期，更在临终时再次迁来。

在游览了加尔文广场（改革墙上有加尔文等人的塑像）、日内瓦湖和罗讷河两岸风光之后，我找到市区一座没有围墙的公墓。被视为一代文学巨匠的博尔赫斯安静地躺在那里，枯黄的草叶铺满一地，散落在凌乱的石子铺就的长方形内外，一块上半部分拱形的石碑上写着他的名字和生卒年份，没有职业、身份和国籍。当然，这一切无损于博尔赫斯的伟大。虽然在日内瓦难得听到他的母语西班牙语，但他的作品早已被译成各种文字，遍布了图书馆和互联网。

说到博尔赫斯的墓地，在我第一次探访九年以后，曾经有一条新闻吸引了全世界文学爱好者的注意。一位叫爱德华多·拉巴尔卡的智利作家朝博尔赫斯墓地撒了尿，还拍成照片放在他的书封上，理由是博尔赫斯晚年接受智利独裁者颁发的勋章。尽管他辩解这是行为艺术，水线是矿泉水瓶喷的，但这件事仍遭到阿根廷同行的厉声谴责。依个人之见，如果拉巴尔卡是个 17 岁的少年，尚情有可原，但他那会儿已经 72 岁了。

日内瓦的人文气息向来浓厚，让我意外的是，迄今为止作用仍难以估量的互联网竟然也诞生于这里。大多数游客只知道日内瓦

奥黛丽·赫本之墓

博尔赫斯之墓

是联合国的欧洲总部、红十字会和 WTO、WHO 等 100 多个国际组织的总部，却很少有人了解，日内瓦还是欧洲粒子实验室（CERN）所在地，著名美籍华裔物理学家丁肇中先生就在这里做出许多重大发现。1989 年，正是在这个实验室访问的英国科学家、比尔·盖茨的同龄人蒂姆·伯纳·李发明了互联网。

在以字母 G 开头的城市里，我游历过的至少还有地中海海滨的热那亚、斯堪的纳维亚的哥德堡、德意志的格丁根、苏格兰的格拉斯哥、爱尔兰的戈尔韦、厄瓜多尔的瓜亚基尔，以及格拉纳达。热那亚是亚平宁半岛上曾与威尼斯分庭抗礼的城邦，也是伟大的航海家克里斯托弗·哥伦布和《马可·波罗游记》的诞生地；格拉斯哥是瓦特和亚当·斯密的故乡，两家足球俱乐部凯尔特和流浪者名闻遐迩，前者于 1967 年作为第一支非拉丁裔球队夺得欧洲冠军杯；作为瑞典第二大城市和主要港口的哥德堡受到我的特别注意，则是由于一艘驶往中国的仿古帆船的启航；而格丁根大学是数学王子高斯的母校，我曾数度访学。

相比之下，西班牙的格拉纳达有着更为辉煌的历史。这里曾是摩尔人的格拉纳达王国首都，有建于 13 世纪和 14 世纪的伊斯兰建筑艺术瑰宝——阿尔罕布拉宫（Alhambra），国际机场以诗人加西亚·洛尔迦命名，以至于中美洲尼加拉瓜湖畔的同名城市也成为一座诗歌之都。而“山水甲天下”的桂林，也在“二战”期间意外地成为出版和文化中心。我曾经相隔 30 多年三次抵达，她迷人的自然风光在通往阳朔的漓江两岸完美呈现。遗憾的是，这几座城市因少了一点现代气息而有所缺失。相反，广州以及邻近的深圳生机勃勃，占据了中国一线城市的半壁江山。

2013 年秋天，我在从墨西哥城飞往利马途中，特意经停厄瓜多尔的海滨名城瓜亚基尔，在那里逗留了一整天。此城位于南纬 2 至 3 度，又是海平面上，故而四季如夏，但因有海风吹拂，并不炎热。1821 年 7 月，南美洲的两位解放者玻利瓦尔和圣马丁在此会晤。虽然见面之初，圣马丁曾对玻利瓦尔说，“美洲将不会忘记我们两人拥抱的这一天”，可惜因为个性等原因，他们未达成任何协议。尽管如此，瓜亚斯河畔两人并肩伫立的塑像仍是游人拍照的目标。

至于欧洲最西端的戈尔韦，则是我偶然的发现。那里大部分居民讲着一种叫盖尔语的方言，从说这种语言的家庭里走出的有诺贝尔桂冠诗人谢默斯·希尼。谢默斯在盖尔语里相当于英语里的詹姆斯，巧合的是，爱尔兰小说家詹姆斯·乔伊斯的妻子诺娜也是戈尔韦人，这座城市已将她的旧居辟作纪念馆，只因她丈夫年轻时常来此小住，而另一位名声显赫的人物——阿根廷革命者切·格瓦拉的母亲（也是盖尔人）却未享受到这份荣耀。

H

哈瓦那：音乐和舞蹈爱好者的朝圣地

Havana

入选理由：浓郁的加勒比风情，拉丁音乐和舞蹈粉丝们的朝圣地。此外，那里还存有我们挥之不去的童年记忆，以及那位与生俱来的叛逆偶像。

游历时间：2000 年冬天。

候选城市：哈利法克斯（Halifax）、杭州、汉诺威（Hannover，德国）、汉诺威（Hannover，美国）、河内（Hanoi）、哈拉尔（Harar）、哈尔滨（Harbin）、海德堡（Heidelberg）、赫尔辛基（Helsinki）、胡志明市（Ho Chi Minh City）、香港（Hong Kong）、休斯敦（Houston）。

任何时候，如果让我回忆哈瓦那，只需一闭眼，就能出现何塞·马蒂机场候机厅上方那些难以计数的白色圆柱。它们从穹顶上各自悬挂下来，又相互衔接，像一幅幅机械拼图，既占有了空间，又放任空间的自由。整个构思巧妙大度，就像法国画家费尔南德·莱歇的作品。在这位立体主义大师笔下，甚至人体的四肢也呈饱满的圆柱体。莱歇主张艺术应接近普通大众，这曾是他于1945年加入法国共产党的理由之一，也可能是哈瓦那机场采用他的绘画风格装饰穹顶的原因之一。

一个晴朗的秋日，我从安第斯山中名城麦德林出发，前往哈瓦那。记得那次我搭乘的是金杯花航空公司的班机，金杯花是西班牙扑克中的花色，相当于草花，南美人喜欢游戏的个性由此可见一斑。我还记得曾坐过另一家航空公司的飞机，它的名字叫爱斯。

那是加勒比海一段狭长的水域，左侧是一连串的中美洲国家——哥斯达黎加、尼加拉瓜、洪都拉斯、萨尔瓦多、危地马拉、伯利兹和墨西哥。右侧那座孤零零的岛屿便是雷鬼音乐（Reggae）的鼻祖——鲍勃·马雷（Bob Marley）的故乡——牙买加，那里还盛产尤塞恩·博尔特这样的短跑天才，他在北京、柏林、里约奥运会上取得的辉煌成就将永驻史册。

雷鬼音乐以演奏大音量的电低音提琴为特色，节拍通常松紧交替。可以说牙买加人移居到哪里，哪里就流行雷鬼音乐，即使是杭州这样一座悠闲传统的东方城市，也有一家Reggae酒吧，中文名叫黑根，吸引了附近高校的留学生，起初在曙光路，后来搬迁到学院路。

虽说古巴人民的生活水准比较低，但在艺术领域却一直比较开放，否则哈瓦那国际机场的设计也不会如此现代，更不会用诗人的名字命名（这在全世界的首都里恐怕独一无二）。可是，当我移步海关，来到旅客问讯处，询问有无免费地图赠阅时，工作人员用标准的英语回答："Nothing is free here except the air and our friendship."（除了空气和友谊，这里一切都不免费。）

哈瓦那地处北回归线，那里的冬天阳光明媚，海风习习，空气像加了蜜似的。接站的司机放好我的行李和欢迎牌匾以后，便载着我驶往市区。古巴素有"世界糖罐"的美誉，连司机的嘴也很甜，连声夸耀他们的莎莎和美女。说到古巴的制糖业，历史可谓是悠久了。别的国家通常是在凉爽的月份收割甘蔗，而古巴却不分季节。到 19 世纪 60 年代，全世界三分之一的糖出自古巴。

古巴人口中逾半数是黑白混血儿（当年西班牙殖民者从非洲贩卖了大约 75 万奴隶），余下的多为西班牙人和黑人。西班牙人的一个显著特点是，对生活怀有悲观的情绪，而黑人则依照非洲祈祷神灵的习俗，通过一种如泣如诉的音乐，使这种悲观情绪得以升华。加上四季温暖的天气，古巴人养成了一种欢乐、外向、天真无邪的个性。不少欧洲国家向古巴人敞开大门，即使需要签证也比我们容易得多，因为这些国家的官员深知，古巴人是不愿意居留异乡的。

他们生性活跃，只要政府宣布取得一丁点胜利，便会举国欢腾，一千万人口的国家动辄有上百万人游行集会。这幕景象除了穆斯林的麦加朝圣、印度教徒的恒河沐浴以外很少见到。我在哈瓦那老城区见到一些小孩，他们都很乐意让我拍照。这里人人能歌善舞，可以说地球上没有任何其他民族，能够像古巴人那样创造出如此众多风靡世界的舞蹈——伦巴、曼波、恰恰、莎莎。

伦巴源自一种叫“嵩”的古巴黑人民间舞蹈，20世纪初流行世界，舞者上身挺直，臀部微微左右摇摆，先是向旁两个快步，再向前一个慢步。20世纪80年代，伦巴舞席卷中国，那时我在大学里念书，印象里它比较能展现东方女性的妩媚，比起探戈来更受欢迎。可是，探戈依然是阿根廷的国粹，伦巴却在古巴消失了，原因只有一个，古巴人不断创造出新的舞蹈。比如莎莎舞，它是当今世界上最流行的交谊舞。

我住的Vedado饭店离海滨大道不远，这个词的西语原意是“禁区”，相当于从前中国的涉外饭店，除了工作人员，其他古巴人不准入内。一般人家和旅店只能收看两个电视频道，一个转播体育节目（主要是棒球比赛），另一个以播出公共事务节目为主，但在Vedado，却可以收看BBC和CNN。有一天，我在古巴台看到了卡斯特罗在演讲，是纪念“埃连事件”发生一周年，哈瓦那举行了隆重的群众集会。如此近距离，就像加西亚·马尔克斯当年在收音机里听到的那样，我听到了嗓音的脆弱部分。

有几次我在晚餐后漫步海滨，那是哈瓦那最热闹的去处，长长的大堤上坐满了乘凉的人群，可以想见夏天的盛况。有意思的是，除了卖瓜子的以外，很少见到其他小贩。卖瓜子的人把黑色的西瓜子装在报纸卷成的圆筒里，价格随机浮动。至于那些在海滨驻足的年轻妇女全都另有所图，随时准备带旅行者到出租屋去，

哈瓦那街景

古巴人的自信和外向造就了性开放。

在海滨大道，留给我印象最深的是一群古巴男孩，他们只穿一条短裤，避开快速开来的车辆，从马路对面助跑过来，踏着堤坝纵身跃下三面环礁的大海。这些勇敢的男孩让我明白了，为何古巴人敢于在眼皮子底下与强大的邻国对抗。事实上，此地距离美国最南的佛罗里达小镇基韦斯特仅 140 多公里，难怪当年海明威在那里居住时，有一天出海捕鱼，遇到风暴来不及返航，连人带船躲进了哈瓦那港。

恐怕海明威自己都没有料到，哈瓦那会成为他居住得最久也最为舒适的地方，这一点连同切·格瓦拉的传奇故事无疑是古巴旅游业的两大卖点。除此以外，哈瓦那还有几处必到的胜地，如

哈瓦那保拉街 41 号，诗人何塞 · 马蒂出生地

1950 年， 海明威在“比拉号”船上

革命博物馆里的“格拉马号”航船，革命广场上的何塞·马蒂博物馆和格瓦拉巨幅肖像。虽说卡斯特罗以冗长的演说闻名，可是他却不愿意自己的头像四处悬挂，也不让它出现在比索纸币上。而到科奇诺斯湾和比那尔德里奥的远足，则是东道主的特意安排。

1961 年，美国企图登陆科奇诺斯湾，颠覆卡斯特罗政府，结果却以失败告终，一千多名雇佣军被击毙或成为俘虏。那次远足给我印象最深的还是道路两旁的棕榈树，高大挺拔的躯干被用来营造房屋，长长的叶子被用来搭建篷顶。

而比那尔德里奥以出产上好的雪茄烟丝闻名，1962 年，那里还成为引发两个超级大国之间导弹危机的第一现场。

远足结束后，云集了一千多名世界各国艺术家的“哈瓦那双年展”拉开了序幕，招贴画上所印的《第三世界》（1966年）出自古巴历史上最伟大的画家维夫罗多·拉姆之手，他的父亲是地地道道的中国人。以拉姆名字命名的艺术中心坐落在古老的老城区，距离哈瓦那港不远。与此同时，一场小型的“国际”诗歌朗诵会即将在一幢破旧的民宅里举行。

民宅的主人莱因娜是位女诗人，她的丈夫塞拉诺在文化馆任职。受邀的还有墨西哥城画家兼诗人佩德罗，他是来哈瓦那参加艺术展的，同行的夫人是洪都拉斯诗人。我和莱因娜的相识是通过一位到访过哈瓦那的德国诗人。佩德罗带来了食物，我买了一瓶红酒。寒暄了一阵以后，莱因娜开始朗诵，接着佩德罗夫妇和我依次朗诵，两位女士分别朗诵了我一首诗的西班牙译文。在那个奇妙的夜晚，唯一的忠实听众是塞拉诺。

莱茵娜的全名叫莱茵娜·玛利亚·罗德里格斯，她是古巴最负盛名的诗人之一。2013年，莱茵娜获得了古巴国家文学奖。2016年，她又荣获了智利方面颁发的聂鲁达诗歌奖。可以说，这是除了诺贝尔文学奖和塞万提斯奖以外，古巴诗人所能获得的最高荣誉。这两个奖每年都只有一位获奖者，想必莱茵娜的家庭生活状况如今已获改善。

2016年11月25日，菲德尔·卡斯特罗与世长辞，享年90岁。十年前，他便因身体原因，把权力移交给弟弟劳尔。当年早些时候，即将卸任的美国总统奥巴马访问哈瓦那时也没有与老卡见面。

革命广场上的外事活动

之前三个月，在中断外交关系半个多世纪以后，美古两国在对方首都重开大使馆。但由于新总统特朗普奉行与前任对立的政策，两国关系并没有进一步改善。

卡斯特罗的遗体安葬在圣地亚哥的圣伊菲尼亚公墓，那也是他最喜爱的诗人何塞·马蒂下葬的地方。此外，那里还葬着古巴“国父”德·塞斯佩得斯。1868 年，德·塞斯佩得斯率 147 名民兵占领圣地亚哥，宣布反抗西班牙殖民统治的“独立战争”开始。他和马蒂的肖像分别出现在古巴最大面值（100 比索）和最小面值（1 比索）的纸币上。

在我游历过的以字母 H 开头的城市中，依山傍水的海德堡是德国最古老的大学城（1386），黄瓦镶嵌在绿树丛中，还有一座雄伟的城堡和老桥。与查韦尔河和剑河相比，内卡河虽宽广，却少了几分浪漫。我曾在格丁根访学，自然也去同名首府探访过微积分发明人莱布尼兹的骨冢。而易北河畔的汉堡也相距不远，我在街上碰巧看见流动的啤酒屋。值得一提的是，新近我造访了美国新罕布尔的大学城汉诺威，那是达特茅斯学院的所在地。

波罗的海北岸的赫尔辛基无疑是消夏的好去处，可惜冬季占了一年的大部分时光，芬兰蒸汽浴因而大行其道，并传遍了全世界。有类似气候的还有地处加拿大东海岸新斯科舍省的首府哈利法克斯，她曾是我夏日远足的目的地，我在那里待了整整半个月，于公于私都有收获。对生活在美国西海岸的人来说，哈利法克斯无疑是天涯海角了。

再来看美洲中部的墨西哥湾，北岸有一座城市我曾相隔 20 多年三次抵达，那便是高架桥遍布的休斯敦。她既是美国的宇航基地，也是石油和化工中心，郊外还盛产狂野的牛仔。最近一次造访是在 2016 年春天，我与美国第四大城市的距离迅速拉近。那里的中国朋友们为我举办了海外第一个摄影展，就在闹市区的艺术中心。开幕式上的讲座活动以后，主人安排了签售仪式，十几幅作品当场名花有主。

在东非的埃塞俄比亚高原边缘，海拔 1500 多米的哈拉尔曾是长达一千多年同名王国的首都。19 世纪后期，法国大诗人、通灵者兰波在那里度过了生命的最后 11 年。他在那里经营咖啡生意，时至今日，哈拉尔咖啡仍是世界上最昂贵的咖啡品牌。那里的老城区坐落在一座小山头，有五个石头门，围绕着兰波故居，还有那些山羊和秃鹫，小巷里的色彩尤其令人难忘，已列入世界文化遗产。

回到东方，中国南海沿岸的三座城市亲切可人，只是越南首都河内和曾名西贡的胡志明市仍处于大变革时期，后者留给我的印象主要停留在早期的法国电影里。至于那座曾经的英国殖民地城市香港，她是一座不夜城，美丽的维多利亚港间或会发出各种奇特的声音，连同铜锣湾和九龙半岛上闪烁不定的霓虹灯，组成了一个暧昧诱人的享乐空间。我曾多次造访，最长逗留过半个月，勉强写出几首诗，还没有一幅摄影作品。而北国的哈尔滨别有一番风情，尤其是夜晚的中央大街、果戈理书店、道北靖宇街和金上京遗址。

当然，最令我难以割舍的还是杭州，虽说有五年时间我云游在海外，但每次旅行结束都会适时返回。这里插一句，如果没有早期定都哈尔滨南郊的金人攻克开封，杭州就不会成为古都。因为一座湖泊，湖上两座以诗人命名的长堤（如今是三座），外加一座以学者命名的岛屿，以及湖西的风光，尤其那些葱郁的树木和山谷，无论雨中还是雪后，她成了我生命中的重要组成部分。也正因为如此，杭州被挤出这份名单，成为一个引以为傲的候补。

I

伊斯坦布尔：充斥帝国遗迹的城市

Istanbul

入选理由：一座横跨两个大陆的城市，拜占庭帝国的古都，闻名遐迩的“东方快车”的终点，还诞生了“书评”和“丛书”这对写作和出版形式。

游历时间：2002 年夏天、2004 年秋天、2017 年秋天。

候选城市：爱荷华市（Iowa City）、伊兹米特（Izmit）。

抵达伊斯坦布尔之前，这座城市已出现在我看过的电影里。根据英国女作家阿加莎·克里斯蒂的小说改编的影片《东方快车谋杀案》里，有一列火车从世界上最小的海——马尔马拉海滨缓缓驶过的镜头，那两座举世闻名的辉煌华丽的建筑——圣索菲亚大教堂和蓝色清真寺一闪而过。相比之下，诗人和音乐家更喜欢美和宁静，因此，我们才有莫扎特的《土耳其进行曲》和叶芝的《驶向拜占庭》。

当伊斯坦布尔还叫君士坦丁堡的时候，它仅仅占据色雷斯半岛的一个尖角，与罗马一样坐落在七座小山之上。这一点如今因高楼林立难以辨认了，就如同改用拉丁字母后的土耳其语一样。作为“罗马帝国”留存下的痕迹之一，土耳其和意大利的货币都叫里拉。在欧元启用后，土耳其里拉成为世界上面值最大的纸币，一百万只能买一个西瓜，后来终于“瘦身”成功，去掉了六个零。

在过去的25个世纪里，伊斯坦布尔先后被拜占庭帝国、奥斯曼帝国和土耳其共和国定为首都，有时作为桥梁，有时作为屏障，置身于各种宗教、文化或王权冲突的波涛之间。无论马可·波罗的旅行，还是中国造纸术和印度-阿拉伯数字的传播，都不得不绕行而过。它的存在，也促使了哥伦布和达·伽马船队的远航。

这座1873年建成的火车站，是从巴黎出发的“东方快车”的终点

在相当长的时期里，伊斯坦布尔是世界上最令人垂涎欲滴的城市之一。

与拥有黄浦江和苏州河的上海一样，伊斯坦布尔除了被博斯普鲁斯海峡一分为二以外，它的欧洲部分也跨过了7公里长的金角湾。湾北的新城贝伊奥卢是繁华的商业和娱乐中心，闻名遐迩的土耳其蒸汽浴室和各色各样的夜总会坐落其间，云集了无数前来淘金的俄国姑娘和东欧姑娘。当然，任何游客都必须小心谨慎，这座城市发生过的爆炸和暗杀事件难以计数。

我萌生去伊斯坦布尔的念头是在20世纪最后一个夏天，那次我独自旅行到了希腊。在雅典街头的一个长途汽车站，停放着许多豪华大巴，其中一辆目的地正是伊斯坦布尔。这辆巴士即将沿着爱琴海岸穿越希腊本土（包括亚里士多德的出生地）和色雷斯，所载的乘客大多与我一样居住在青年旅店。可是，由于我的申根签证时间有限且一次入境，那时我只能遐想她屹立在水边的优美姿态。

三年以后，我又来到了欧洲，当我结束所有的学术和诗歌活动，暑假刚刚开始。我从巴黎飞往开罗，在古老的埃及游玩了一圈。之后，我坐上土耳其航空公司的客机，再次飞越地中海，抵达马尔马拉海边的伊斯坦布尔机场。从那里搭乘大巴并换乘有轨电车，来到游客密集的苏丹艾哈迈德小区，隶属于法提赫大区，即金角湾加拉塔大桥南边的老城，下榻在一家周围布满地毯商人的小客栈里。

9 世纪是君斯坦丁堡的黄金时代，佛提乌斯成为牧首（东罗马的教皇），他是那个世纪欧洲最有学识的知识分子，发明了“书评”这一写作形式，还有“丛书”这一出版形式，今天的编辑、出版人、作家和读者都受惠于他。1863 年，佛提乌斯派遣西里尔兄弟去斯拉夫人中间传教，哥俩发明了西里尔字母，否则今天的俄语、南斯拉夫语、保加利亚语等仍会使用拉丁字母。那样的话，大概就不会有 10 世纪东正教的分裂和 20 世纪的冷战了，中国也会因此备受压力。

与佛提乌斯同时代的塔比特（Thabit）出生在今天的土耳其东南地区，是一位数学家、天文学家、医生和译者。他给出了亲和数的充分条件，这是一项超前的数学成就，被称为塔比特数。前三个塔比特数分别对应于毕达哥拉斯、费尔马和笛卡尔的发现，后两位生活在 17 世纪。塔比特还算出一年有 365 天 6 小时 9 分 12 秒，误差仅 2 秒。他出身名门，一度从商，后继承大笔遗产，自费留学巴格达。返回故乡后，他的自由主义思想与当地风俗格格不入，甚至被告上法庭。被迫认错之后，塔比特永远离开了故乡。

在伊斯坦布尔一个不容错过的节目是，坐渡轮到东岸。只需花费两美元和 20 分钟，便可实现一次洲际旅行。到了东岸我才发现，土耳其人虽与阿拉伯人、伊朗人一样是穆斯林，但只有极少数妇女头上包裹围巾。即使那些因循守旧者，她们的头巾也往往是浅色或彩色的。因为海峡上只有公路桥，开往土耳其境内的火车大多在东站。最令我神往的目的地要数德黑兰和大马士革，两年以后的那个夏天，它们便被我依次造访了。

东岸的生活节奏明显放慢许多，几乎没有高楼，房价也比较低廉。因此有许多白领阶层，他们在欧洲的商业区上班，下班回到亚洲。我遇见在海滨漫步的一家三姐妹，她们能说简单的英语，两个姐姐均已嫁人。三姐妹均住在乡下，那天是来城里玩的。让我惊讶的是，两个姐姐竟然想托付我，为美丽可人的小妹妹物色一个中国夫婿。

苏丹艾哈迈德虽小巧玲珑，却是个交通要道，有轮船码头和火车站，还有一座 16 世纪建造的苏莱曼尼耶清真寺，由奥斯曼帝国最负盛名的建筑师希南设计。可以说，伊斯坦布尔是一座来去自由的城市。几天以后，我乘坐火车，沿着久已弃用的“东方快车”的路线，经过保加利亚的玫瑰花谷，前往索非亚。从那里再换乘汽车，抵达马其顿的斯科普里和阿尔巴尼亚的地拉那，一直来到亚得里亚海滨的港口城市都拉斯。

一周以后，我从黑海之滨的凡尔纳出发，乘坐一艘客轮，回到了伊斯坦布尔。当轮船从博斯普鲁斯海峡大桥下面穿过时，我看到了水边昔日皇宫的雄姿，它的名字多尔马巴赫切。不过，除了残存的古建筑以外，这座迷雾深锁的城市也与东方的许多大城市一样，在资本主义的商业侵蚀中变得与世界其他地方相似。例如,《土耳其浴室》原本是法国古典主义画家安格尔的一幅名作，如今却成为一部同性恋电影的名字。

虽说首都安卡拉和国土的大部分位处亚洲，而足球和篮球等体育项目却参加欧洲人的联赛和洲际比赛，土耳其人的身份颇为尴尬。本来，他们在奥运会传统的优势项目只有小级别的男子举重。不过近年来，土耳其足球先后在世界杯和欧洲杯上打进四强，也曾数度举办网球 WTA 年终总决赛，令人刮目相看，不知这些是否有助于申请加入欧盟。无论如何，在西方人眼中，伊斯坦布尔不仅属于欧洲，也是欧洲最具特色的城市之一。

那次旅行让我想起了公元前 5 世纪的两位希腊历史学家——希罗多德和色诺芬，他们分别以记录自己漫游的《历史》和《长征记》传世。

有一回我曾与两位中国诗人欧阳江河和赵野相聚于伊斯坦布尔，并与酷爱文学的商人李木子结为挚友。有一天，木子开车带我出城，来到黑海之滨的渔镇西勒，还有马尔马拉海最东端的伊兹米特（Izmit）。那里距离伊斯坦布尔已有 100 多公里，是土耳其最富庶的科贾埃利省首府。就在几年前，伊兹米特发生了里氏 7.4 级的大地震，近两万人遇难。而最近的一次旅行（2017 年）据点设在马克西姆广场，那无疑更为神秘，我曾在夜晚一路漫步到加拉塔大桥。与此同时，也使得在开罗之后，我与她的空中连线又添加了两座非洲城市——亚的斯亚贝巴和吉布提。

337 年，君士坦丁大帝在伊兹米特郊外的皇家别墅去世，他是第一个信奉基督教的罗马皇帝。君士坦丁的父亲是一名高级军官，在皇帝退位后统治了西罗马帝国。这个职位后来被在东罗马行省长大的儿子继承下来，但是遇到了挑战，他通过几次关键性的战役，最后统一了东罗马和西罗马。据说他的获胜得到了耶稣的神谕，因此执政后便给予基督教合法地位，并确定星期天是礼拜日。正是君士坦丁下令迁都伊斯坦布尔，才有了这座横跨欧亚大陆的名城。

伊兹米特让我想起另外两座以 I 开头的土耳其港口城市——伊兹尼克（Iznik）和伊兹密尔（Izmir）。伊兹尼克即那座古称尼西亚的商埠，爱伦·坡在一首冠名《致海伦》的诗中这样写道：

海伦，你的美丽对于我
如同往昔尼西亚的帆船
在溢香的海上悠然漂过
把劳顿和疲倦的浪子载来
回到古国的岸边

这位早熟的美国诗人后来被赞誉为“现代主义文学之父”，他在中学读书时功课并不坏，却爱上一位同学的母亲，正是她激发了他写作这首诗的灵感。

伊兹尼克就在伊兹米特南面 40 公里处，那里是天主教第一次世界性会议——尼西亚大公会议的主办地，这次大会由君士坦丁大帝于 325 年召集，他向东西方 1 800 位主教发出了邀请，约有 300 人到会。他本人作为观察者，身穿耀眼的金边紫袍，恭敬地坐在主教们身后。会议弥合了耶稣与天父关系理解上的分歧，确定了逾越节（今复活节）的日期，即以春分过后第一个满月后面的第一个星期天为节庆。

至于伊兹密尔，在伊兹米特西南300多公里处，已属于小亚细亚。可惜由于时间所限，我们没能继续漫游，寻访荷马和泰勒斯的足迹。荷马是古希腊两部史诗《伊利亚特》和《奥德赛》的传说作者，泰勒斯则是有记载以来第一个数学家和第一个哲学家。泰勒斯居住的米利都是古希腊最早开化的爱奥尼亚人的中心城市，如今已不复存在，人们只知道她坐落在爱琴海边，一条河流的出口处。那里离伊兹密尔不远，与毕达哥拉斯的萨摩斯岛仅咫尺之遥。

《伊利亚特》的故事主要围绕着特洛伊战争展开，且与希腊第一美女海伦密切相关。特洛伊的遗址被认为是在小亚细亚北部，比米利都更靠近拜占庭，这两处地方都曾是米利都人的殖民地。1 000多年以后，拜占庭这个地名被君士坦丁堡取代，那自然是为了纪念那位伟大的君主。这也让我想起本文开头提到的那首诗《驶向拜占庭》，它是爱尔兰诗人叶芝晚年的杰作。诗的开头这样写道：

> 那不是老年人的国度。青年人
> 在相互拥抱；那垂死的世代
> 树上的鸟，正倾心于它们的歌唱；
> 鱼的瀑布，青花鱼充塞的大海，

鱼、兽或鸟，一整个夏天在赞扬

凡是诞生和死亡的一切存在。

在叶芝眼里，以君士坦丁堡为中心的拜占庭帝国是个理想的社会，在那里物质与精神、艺术与政教、个人与社会有着和谐的统一；拜占庭艺术（尤其是中世纪时期）虽出自人工（精神）造就，却超越了自然（肉体）。诗人有所不知的是，在躲过基督教和伊斯兰教的双重劫难之后，有些希腊著作（如丢番图的《算术》）也是经由君士坦丁堡传往西方，而阿基米德羊皮书在伊斯坦布尔一座清真寺里被发现则是当代科学史的一大奇迹。从这个意义上讲，古代小亚细亚或爱奥尼亚的文明通过这一小片隔海相望的土地得到了传承。

2006 年，伊斯坦布尔出生的帕慕克获得了诺贝尔文学奖，次年，他的著作《伊斯坦布尔：一座城市的记忆》被译成中文出版。这部书既是他个人的历史，也表现了这座城市的忧伤，这一忧伤在他少年时代便已渗入身体和灵魂之中。对帕慕克而言，伊斯坦布尔一直是一座充满帝国遗迹的城市。他以其独特的历史感与善于描写的杰出天分，重访家族秘史，拼贴出当代伊斯坦布尔的城市生活。

1453 年，君士坦丁堡被土耳其人攻克，成为奥斯曼帝国的首都，并更名伊斯坦布尔，人们不得不改信伊斯兰教。四分之一世纪以后，托普卡珀宫建成，以后的四个世纪里都是奥斯曼帝国苏

成都诗人欧阳江河和赵野

土耳其作家、诺贝尔文学奖得主帕慕克

丹的寝宫，如今它是土耳其最大的博物馆。馆内收藏着 17 000 多件中国古瓷器，上至唐宋，下至明清，据说数量仅次于北京故宫和德国的德累斯顿艺术馆。

1616 年，即莎士比亚去世的那年，苏丹艾哈迈德清真寺（蓝色清真寺）建成，这是世界上唯一拥有六个宣礼塔的清真寺。不过我印象最深的，却是圣索菲亚大教堂，它是罗马帝国时期的基督教堂。巨大的圆形穹顶直径 31 米，高 55 米，是典型的拜占庭建筑。1453 年，土耳其人到来以后，竟然在教堂周围修建了四座宣礼塔，将这座千年历史的大教堂改造成清真寺。

在土耳其以外，以 I 字母开头的名城十分稀少，伊斯兰堡（Islamabad）是最著名的一座，虽说历史不过半个多世纪。她与伊斯坦布尔一样，含义都是“伊斯兰人的城市”，只不过一个是土

爱荷华河畔

耳其语，一个是印地语。伊斯兰堡是继卡拉奇之后巴基斯坦的新首都，北靠高高的喜马拉雅山，南依宽广的印度河平原，傍依着拉瓦尔品第。那里不仅有数学同行，我还经常收到大学生寄来的读研申请。但无论如何，都难以与伊斯坦布尔匹敌。

我游历过的唯一一座以字母 I 开头的非伊斯兰城市是爱荷华市，她是一座说英语的美国中部小城，也是联合国教科文组织确立的唯一一座文学之城。2018 年夏秋之间，我应闻名已久的爱荷华大学国际写作计划邀请，在这座傍依着密西西比支流爱荷华河的最宜居大学城做客两个多月。她给我留下了难以磨灭的美丽记忆。

J

耶路撒冷：神秘而奇特的圣城

Jerusalem

入选理由：一座举世无双的城市，无论犹太人、基督徒或是穆斯林都对她顶礼膜拜，甚至不与外族人通婚的亚美尼亚人也在此城建有避难所。

游历时间：2009 年秋天。

候选城市：雅加达（Jakarta）、济南、约翰内斯堡（Johannesburg）。

2003 年 5 月，我应非洲诗歌节组委会的邀请，搭乘马来西亚航空公司的班机，穿越印度洋，抵达以采矿业起家的南非最大城市约翰内斯堡。六年以后的春天和秋天，我又有机会游历另外两座以字母 J 开头的城市，那多少让我感到意外。这两座城市分别处于南半球和北半球，她们是印度尼西亚的首都雅加达和圣城耶路撒冷。

雅加达位于世界上人口最稠密的爪哇岛，该岛靠近赤道线（南纬 6 度），与我居住过的哥伦比亚名城麦德林（北纬 6 度）在地理上恰好对称。但雅加达接近海平面，因此一年到头酷似盛夏，而安第斯山上的麦德林四季如春。从这个意义上讲，雅加达不是一座宜居的城市。可是，如果你想体验热带风情，那又是非常适宜的地方，甚至超出了不远处已然现代化的新加坡。

在 20 世纪行将结束之际，美国《国家地理》杂志评选出了一生最值得一游的十座城市，其中就有 J 字母开头的耶路撒冷，其余九座按英文首字母顺序依次是：巴塞罗那、香港、伊斯坦布尔、伦敦、纽约、巴黎、里约热内卢、旧金山、威尼斯。截止到 2002 年夏天，我已游历了后面那九座名城，至于耶路撒冷，我耐心地等待了七年才获得踏访的机会。

那一年正好是特拉维夫建城一百周年，我应邀去以色列参加一个国际诗歌节。巧合的是，此前一周我刚好到法国大诗人兰波的故乡沙勒维尔参加兰波诗歌节。结束以后，我在巴黎的一位伊拉克诗友家里小住三天，便搭乘法航班机，飞往地中海东岸的特拉维夫。由于先前游历了以色列周边每个阿拉伯国家，事先我特意申领了一本新护照，以确保签证的顺利。

诗人们下榻在特拉维夫的一家海滨酒店，而诗歌节的朗诵主会场则是在法雅的一家剧场。法雅是一座非常古老的城市，特拉维夫原先是它的郊区，也可以说是它的新城。翌日早晨，我起床后到海滨散步，意外地看到这样一幕景象，八位男子成双成对地在海滨谈心，他们或坐在长椅上，或站在扶栏边，或在散步。我随即拍了下来，后来常用它提问来听讲座的听众，让他们猜测这是哪个国度。

《圣经·旧约》里讲到，法雅早期被非利士人控制，后来牧羊少年大卫以一颗鹅卵石击败巨人歌利亚，被拥戴做了以色列国王。历史上有许多艺术家以此为题材进行创作，最著名的要数米开朗琪罗的雕像《大卫》，现收藏在佛罗伦萨的美术学院里。大卫还是一位诗人，他的儿子所罗门也是伟大的国王，他利用法雅作为提尔河上漂下来的黎巴嫩木材的出口港。再后来，亚述人、希腊人、叙利亚人、罗马人、土耳其人、英国人等先后占领过法雅。

诗歌节组委会主席阿米尔是以色列著名诗人，之前我们曾在瑞典和马其顿遇见，之后我们也曾在杭州和黄山相聚。他的安排热情周到，甚至让我们有机会去巴勒斯坦人的饭店用餐，以此说明民族团结。三天的诗歌活动结束后，他又预约了一辆面包车和导游，把外国客人送往耶路撒冷，这是大多数诗人来以色列的主要目的和愿望，就像来杭州的客人总要去游西湖一样。

我们先去死海，一路上地势渐高而后渐低，最后到达的是海平面以下三百多米的地方。我们在岸边涂上一身的黑泥，然后跳入死海，不会游泳的也可以浮在水面。由于五年前我在东岸的约旦游过死海，故而不像从巴黎来的藏族诗人江布那样兴奋。说到江布，他来自青海的藏区，后来去了巴黎，娶了一位法国女子。我们曾在比利时的一次诗歌节上同台朗诵，那次阿米尔问我是否认识在欧洲的中国台湾诗人，我就向他推荐了江布。我给江布拍过一张照片，取名《狂喜》，是他跳入死海的瞬间。

之后，我们便要向伟大、神秘而奇特的耶路撒冷进军了。由于时间紧迫，路上我们错过了耶稣的出生地伯利恒。半小时以后，海拔上升到800米。没有高楼大厦，只有一片肃穆的橄榄树林，那正是耶路撒冷老城区。这是一个有围墙的等边四边形，每边长约900米。大约在公元前1000年，大卫占领了耶路撒冷，使之成为犹太王国的首都，其标志是用两根木头抬着约柜进入耶路撒冷。

说到约柜，虽只是长一米多，高和宽不过几十厘米的木箱子，却是犹太教里的圣物，犹如伊斯兰教里的黑圣石。据说里面装有刻在两块石头上的摩西十诫（象征旧约和新约），这是神说给以色列人听的。前三条戒律均与上帝耶和华有关，第四条是安息日，第五条是孝敬父母，后五条则告诫不得杀人、奸污、偷窃、做伪证或贪图他人的房屋、妻子、奴婢和牛驴。

摩西就是那位带领犹太人走出埃及返回故乡的先知，他自己在快到目的地时突然死去。传说约柜里有一根摩西哥哥亚伦用过的发芽的拐杖（象征着耶稣的死亡和复活）、一只金罐（里面装着犹太人游牧时期的食物吗哪）和一对黄金打造的天使，天使的翅膀围成的空间代表了神的所在。也就是说，约柜与神同在。大卫的儿子所罗门继位后，下令建造了宏伟的圣殿安放约柜。可是到了公元前 586 年，巴比伦人占领耶路撒冷，烧毁了圣殿，约柜不知去向。

走在废墟中间，我只能任凭大脑一遍遍地搜寻和想象，这块土地曾一遍遍地被不同的异族侵占。70 年以后，即公元前 516 年，波斯人赶走巴比伦人。波斯人比较仁慈，他们允许犹太人返回家园，甚至建起了第二座圣殿和城墙，也使得耶路撒冷恢复了往日的活力。之后的六个世纪里，耶路撒冷先后成为波斯、希腊和罗马帝国的行省首府。

公元 70 年，一次反抗罗马人的起义失败以后，罗马军队再次推倒了圣殿，也拆毁了城墙，只剩下部分墙基，即今日所指的西墙，又名哭墙，那无疑是犹太人心目中的圣地。可以说，在犹太人的历史里，圣殿是其中很重要的一个物证。也因此，西墙是不允许游客拍照的，虽说它清晰的图像时常出现在各种语言的旅游手册和书籍里。而有关约柜的下落，向来有两种说法。

其一，它就埋在圣殿遗址下面。可是由于隔壁就是穆斯林的阿克萨清真寺，万万不能挖掘验证。对穆斯林来说，阿克萨清真寺的地位仅次于麦加的禁寺和麦地那的圣寺，《古兰经》里记载，此地是先知穆罕默德登霄的地点。值得一提的是，阿克萨是灰顶的（内部装饰华丽犹如科尔多瓦的大清真寺），不是耶路撒冷的图片里常见的那个八角形亭阁上方的金顶，后者是圆顶清真寺。

其二，约柜藏在非洲埃塞俄比亚的圣玛丽亚教堂，那是在北部海拔 2 100 多米、靠近厄立特尼亚的阿克苏姆。后者是古代世界一个强大帝国的名字，相传帝国的女王示巴与以色列的所罗门王关系暧昧，至今埃塞俄比亚人相信，他们的历代君主均系此两人的后裔。另一个传说是，4 世纪埃扎纳在位时，国势强盛，被誉为“众王之王”。埃扎纳还皈依基督教，推行新拼音文字，使阿克苏姆成为世界上第一个以基督教为国教的国家。

看过犹太区和穆斯林区以后，我们来到老城区西北部的基督区。此区面积最大，是耶稣受难、安葬和复活之地，有一条苦路，每天有人扛着十字架走过，我们跟在游人后面。路上不时见到人群聚集，听导游讲故事。最后来到一座教堂，那正是著名的圣墓

阿克萨清真寺，穆斯林相信穆罕默德在此登霄

教堂，两座圆顶都是蓝色的。出乎我的意料，里面真的有耶稣的墓葬，在教堂外面老远，我便听到信徒们发自内心的哭泣。

我看见圣墓外面有一位披着黑纱的美丽女子，她啜泣却没有发出声音。墓室空间狭小，一长溜的游人排在门口等候进入。终于轮到我了，在短暂的十几秒钟时间里，我瞥见墓上方有一面黄旗，与北京故宫博物院里看见的黄色一样，上面还用希腊语写着“Xpictoc anecth”，后来经过询问，才知道它的意思是“基督复活”。

最后来说说南侧面积最小的亚美尼亚区。历史上亚美尼亚人经历了人类最为不幸的一刻。1915 年，奥斯曼帝国对亚美尼亚实行种族清洗，杀死了一百多万人。很多亚美尼亚人逃到耶路撒冷，其时圣城也在奥斯曼帝国控制之下，在此生活的亚美尼亚人心里十分害怕，他们在居民区周围筑了另外一座墙，即所谓城中城。每天晚上十点关门，同时规定，凡是与外族通婚的亚美尼亚人必须搬离该区，这项规定一直延续到今天。

犹太人两次圣殿被毁的日子，恰好是希伯来历的同一天，即埃波月或阿布月九日，时值公历盛夏。而六天以后，即十五日，则是以色列的情人节。公元 135 年，倔强的犹太人再次起义，罗马皇帝哈德良依旧派兵予以剿灭。作为惩罚，哈德良下令在当年埃波月九日，将耶路撒冷夷为平地，并在原址新建一座罗马城市，圣殿山上另建罗马神庙；与此同时，将犹太人全部赶走，禁止他们在耶路撒冷居住。

此后的五个世纪里，耶路撒冷一直在罗马－拜占庭帝国的统治之下。在君士坦丁大帝时期，耶路撒冷成为一个基督教中心，建造了圣墓教堂。当时虽仍禁止犹太人居住，但他们已开始在每年的埃波月九日来西墙前哭泣了。从 5 世纪开始，犹太人重新被允许住在耶路撒冷，基督教和犹太教开始和平相处，这也正是耶路撒冷这座城市的名字后半部分 salem 的含义，而前一部分的含义是城市，意即“和平之城”。可当我们处身其中，并没有安全感。

后来，随着伊斯兰教的兴起，耶路撒冷又有了变化，她成了阿拉伯帝国的第一个远征目标。虽然《古兰经》里未提到耶路撒冷，但依照伊斯兰的传统，先知穆罕默德是在耶路撒冷升天并接受《古兰经》的。于是，在 691 年，哈里发马里克在登霄石，即圣殿山圣殿的原址上建造了圆顶清真寺。巧合的是，那里也是以色列人的祖先亚伯拉罕预备将其子当作牺牲品献给神的地方。

耶稣之墓

14年后，圆顶清真寺近旁又建造起了宏伟的阿克萨清真寺。两座清真寺的圆形穹顶原本都是灰色的，1994年，约旦国王侯赛因出资650万美元，为八角亭上的圆顶覆盖上24公斤纯金箔，才有了如今美丽的金顶。在穆斯林统治初期，宗教上比较宽容，住在耶路撒冷的基督徒和犹太人在缴纳人头税后，可以获得自治权。但11世纪初，埃及的哈里发下令摧毁耶路撒冷所有的基督教堂和犹太会堂。之后，宗教和民族冲突延续了又一个千年。20世纪80年代，以色列和巴勒斯坦相继宣布以耶路撒冷作为首都。无奈之下，联合国安理会宣布以色列建都耶路撒冷的法案无效。

2006年，最后两个在耶路撒冷设立大使馆的中美洲国家——哥斯达黎加和萨尔瓦多将大使馆迁往特拉维夫。目前，圣城郊外尚有巴拉圭和玻利维亚大使馆，以及美国、英国、意大利和希腊四国的总领事馆。与此相反，作为以色列的盟友，美国国会在1995年通过法案，决定将美国大使馆从特拉维夫迁往耶路撒冷。只不过因为世界舆论尤其是阿拉伯世界的反对和压力，使馆迁移至今没有实施。而在2017年冬天，美国总统特朗普突然宣布，正式承认耶路撒冷为以色列首都，人们对此仍拭目以待。

我本人最大的遗憾是，未能在圣城度过一晚，那将会是一个神奇的体验。当天黄昏，我们即返回特拉维夫，应该是阿米尔为我们的安全考虑。翌日，他派车送我们继续游览，这回去了耶稣的故乡拿撒勒，参观了著名的圣母领报堂。虽然耶稣出生在耶路撒冷南郊伯利恒的一座马槽里，却是在此度过童年。拿撒勒位于

我与巴勒斯坦诗人塔哈（已故）

历史上的加利利地区，《圣经》里的许多故事和神迹发生在此。

在拿撒勒，我们还与巴勒斯坦老诗人塔哈见了面。我们说起阿拉伯世界广受爱戴的诗人达尔维什，他出生在加利利附近的一座村庄。不幸的是，几个月前他因心脏手术失败在休斯敦去世，享年67岁。1973年，达尔维什加入巴勒斯坦解放组织后一度被禁止回国，后来他主笔起草了独立宣言。1993年巴勒斯坦与以色列达成奥斯陆和平协议后，达尔维什不顾阿拉法特的挽留辞去执委职务。那会儿塔哈腿脚已不灵便，而在我们这次会面三年之后，他也不幸去世了。

离开拿撒勒以后，我们绕过加利利湖，到达最北的戈兰高地。

途中我们跨越了约旦河，见到牧师在河中为善男信女们举行洗礼仪式。戈兰高地原先曾属于叙利亚，现被以色列占领，并设有多个定居点。在盘山公路上，我们清晰地看见了用来隔离的铁丝网。一路向南到耶路撒冷，铁丝网逐渐变成了以巴隔离墙。这堵墙虽不及长城宏伟，但比柏林墙壮观。我相信，只要它存在，以巴和平便难以真正实现。

在以字母 J 开头的城市里，“泉城”济南是我早年求学的地方，我已为她单独写了一本书，书名就叫《我的大学》。尤其值得一提的是阿拉斯加州首府朱诺（Juneau），它也是以开采金矿起家，且金矿发掘的时间比约堡还早六年。不过，朱诺金矿的储藏量有限，1944 年就关闭了。之后，渔业、林业和旅游业成为经济的主要支柱。虽说朱诺是美国面积最大的州府，可每平方公里只有四个人。每年都有许多美国人驾驶越野车，长途跋涉来到此地。而对于太平洋西岸的我们来说，即便有机会飞往美国东部，飞机也多选择安克雷奇停靠加油，或直接穿越北冰洋。

相比之下，印度尼西亚首都雅加达位于世界人口最密集的岛屿——爪哇，其市区的人口四倍于约堡。不过，城市中最普遍的房屋类型是甘榜，但并非由甘蔗而是由木头或竹席一类的材料建成。相比雅加达这个名称，我更喜欢 1949 年以前的旧名——巴达维亚。智利诗人巴勃罗·聂鲁达年轻时在这座城市做过领事，留下了许多风流韵事。我读过聂鲁达传记，这个机会是他自己争取来的，很少有人能有他那样主动的生活态度。

K

京都：日本人的精神故乡

Kyoto

入选理由： 又一座仿长安兴建的古都，她对于日本人来说，犹如穆斯林心中的麦加，每一位信徒都有着一生中至少应该造访一次的愿望。

游历时间： 2008 年夏末。

候选城市： 坎帕拉（Kampala）、加德满都（Kathmandu）、基辅（Kiev）、基加利（Kigali）、基希讷乌（Kishinev）、哥本哈根（Kobenhavn）、科隆（Koln）、吉隆坡（Kuala Lumpur）、昆明。

2008 年，我有机会到日本第二大城市大阪参加中日数论会议。会议结束前一天，组委会带我们到附近的古都京都一游。两座城市相距不到 50 公里，我们乘坐城际列车而非新干线，半小时以后即抵达目的地。有意思的是，京都三面环山，只有朝向大阪的西南角是敞开着的。之前我已经了解到，京都是日本人的圣城，但凡日本人都有一个愿望，一生应到京都游历一次，她就像穆斯林心中的麦加一样。

从794年开始，京都取代奈良成为日本的首都，直到明治维新的1868年才迁都东京。不过，它作为首都时的名字叫平安京、京、西京。不再是首都以后，才叫京都。京都仿长安而建，矩形的围墙，棋盘式的街道，如今依然是日本的文化和佛教中心，也是精美的纺织品和传统手工艺品的中心。即便到了21世纪，仍有“世界的京都”的说法，反映出它不落后于时代的努力。

我对京都印象最深的是两座寺庙——清水寺和金阁寺，它们是我心目中的汤川秀树①和望月新一②。

清水寺位于东郊，那里是赏樱花和枫叶的好去处，西郊的岚山公园也以此闻名，还有周恩来的诗碑，不过我到时是夏末，刚好介乎赏樱和赏枫两个季节之间。清水寺由玄奘法师的第一个日本弟子慈恩大师初建，如今的寺庙则是17世纪由德川家族重建的。木质的大殿（清水舞台）雄伟壮丽，支撑在山坡上，高达50多米，共有139根柱子，却不用一颗钉子。从开阔的露台望去，景色宜人，果然名不虚传。寺内有一泓清泉，边上放着一把长柄的水勺，引得游人排队来洗濯。还有那扇色彩艳丽的西门，形似上海西博

---

① 汤川秀树是日本物理学家，也是第一个获得诺贝尔奖的日本人。——编者注

② 望月新一是日本数学家、京都大学教授。2012年夏天，43岁的他在互联网上宣布证明了著名的abc猜想，后来发现仍有漏洞。——作者注

园的中国馆，只是后者体积更庞大。

从清水寺下来，穿过一条销售纪念品的小巷，我们去了金阁寺。金阁寺本名鹿苑寺，看名字可知也是佛教圣地，只不过与清水寺不同宗。它的落成比清水寺要晚600年，迄今也有600多年了。寺内核心建筑是舍利殿，其外墙全以金箔装饰，金阁寺的昵称因此得名。不过在1950年，它曾被一位精神错乱的学生烧毁，我们看到的是五年后按原貌重建的新金阁寺。

依据此故事，名作家三岛由纪夫创作了小说《金阁寺》，他有着“日本的海明威”的雅称，1970年因政变未遂剖腹自尽，年仅45岁。他的写作曾获得前辈作家川端康成的鼓励和提携，川端康成于1968年获得诺贝尔文学奖。一年以后，川端因内疚口含煤气管自杀，没有留下任何遗言，给后世的读者留下了悬念。

金阁寺是一座三层的湖畔阁状建筑，据说一楼是延续了平安时代的贵族建筑风格，二楼是镰仓时期的武士建筑风格，三楼则为中国唐朝的禅宗佛殿建筑风格。寺顶有宝塔状的结构，顶端有只象征吉祥的金凤凰装饰。最不可思议的是，它把三种不同时期的风格和谐地融合在一起，美艳绝伦，连同水中的倒影，常常令人怀想。在我看来，金阁寺之于清水寺，犹如京都之于东京。

湖对岸游人簇拥，在那里不厌其烦地拍摄金阁寺的倒影。其中也有几位丽人，让我想起中国演员章子怡、杨紫琼和巩俐主演的美国电影《艺伎回忆录》。故事的发生地也是京都。艺伎（Geisha）产生于17世纪，不过最初都是男子。在日语里，gei(芸)表示艺术，

京都的黄昏

sha是指人或行为者。第一个女艺伎出现在1750年，后来男性逐渐被女性取代。据说最盛时京都就有数万艺伎，战后迅速衰退。

之后，我们来到一座商场，在顶层一家快餐店用餐。窗外就是京都的老城区，全是符合规定的30米以下楼房。玻璃窗整洁透明，餐桌上方的灯罩也很有东方情调，同行朋友纷纷拿出相机拍摄。我灵机一动，把椅子搬到过道上，站到了上面。红色的灯笼出现在镜头上方，底下的背景是灰暗的城市，东方古都的韵味跃然而出。

我把这幅作品取名《京都的黄昏》，连同翌日在奈良拍摄的《春日大社》，它们曾多次出现在我的影展中。遗憾的是，我在京都的逗留时间如此短暂，当天便不得不随同行返回大阪。

奈良的寺庙

“二战”结束前夕，美国曾选择京都作为投放原子弹的候选城市之一，后来遴选委员会成员之一、陆军部长史汀生回忆起年轻时游历京都的美好情形，力主放弃，才让京都得以幸免。如同多年以后史汀生所言，假如当初真的投放京都，必定彻底伤害日本人民的感情。那样的话，战后的美日关系甚至国际政治格局恐会大变。而近年我阅读匈牙利数学家冯·诺伊曼传记，发现这位犹太全才也是委员会成员之一。

在造访京都后不久，我又游历了三座以字母K开头的欧洲城市，其中有两座是两个邻国摩尔多瓦和乌克兰的首都。基希讷乌小巧玲珑，民风朴实，只有一条主要大街。基辅的美艳出乎我的意料，就像初见布拉格一样。第聂伯河畔和岩洞修道院的景色令人赞叹，不仅如此，基辅在文学、音乐等领域，与京都一样人才荟萃，包括与足球明星舍甫琴科同名的大诗人，他的名字被用来命名一座大学。说实话，如果让我在欧洲范围内选择，很可能是基辅而非哥本哈根。而德国科隆的一座大教堂，吸引我旅途中下车，并徒步攀上 100 多米高的顶端。

早在学生时代，我便在莎翁名剧《哈姆莱特》里知道丹麦王国了。从中我也了解到，那时候的丹麦国王对千里之外的英国也颐指气使。因此，它在历史上长时间地统治冰岛、挪威和瑞典，甚至德国的部分领土，就不足为奇了。直至今天，世界上最大的岛屿——格陵兰岛仍是丹麦的属地，还有法罗群岛，这使得丹麦成为唯一在北美拥有属地的国度。

丹麦位于波罗的海和北海的连接处，正如西班牙位于地中海和大西洋的连接处，后者在历史上曾经显赫一时。而作为丹麦的首都和北欧最大的城市，哥本哈根恰好处于这个连接处的咽喉上，隔着狭窄的厄勒（松德）海峡与瑞典第三大城市马尔默相望。用肉眼来测量，这个距离比起伊比利亚半岛南端的直布罗陀海峡还近。

2004 秋天，我飞抵哥本哈根。四年前我在南美洲认识的一位物理学家拉和他的诗人太太安妮麦特在机场迎接，安妮是丹麦最古老的诗刊《谷穗》的主编。尽管不识中文，她还是成为我第一个丹麦文翻译，不只是通过英文，还得到了她儿子的幼儿园阿姨、一位上海姑娘的帮助。

哥本哈根留给我的第一印象是，新港水边那些色泽鲜艳的民居。我相信这与北欧漫长萧瑟的冬天有关。在炎热的南方，肤色黝黑的印度人和非洲人也喜欢艳丽的色彩。只不过，南方人注重装扮自己的身体，而北欧人则着意于修饰住宅。之后，我们爬上一座可以俯瞰全城的塔楼，而真正有特色的是，其内部的楼梯是盘旋而上的，没有一级台阶，据说是为了方便骑士不用下马即可登顶。

随后，我们一同驱车前往哥本哈根港的入海处，那里有一座大名鼎鼎的铜像——小美人鱼，系根据安徒生的同名童话故事雕刻而成，出资人是位居世界五大啤酒集团之列的嘉士伯。这个雕

安徒生的“美人鱼”

塑距岸边有一定距离，且低于堤岸，难免令游客和摄影爱好者伤脑筋，反倒是数次被盗或遭毁，幸亏其模型保存完好，因此可以不断复制或修复。

来哥本哈根之前，我已经了解到北欧人的狂野。一位金发碧眼的女士曾告诉我，在她的故乡从没有人和她柔情地跳舞。到达哥本哈根的第一个晚上，我便验证了此事，人们更喜欢站在桌子或吧台上扭屁股，还喜欢在深夜的闹市区大街上号叫。那使我联想起与安徒生一样终生未婚的克尔凯郭尔，这位哥本哈根人订婚后又解除了婚约，他把激情引入哲学，写过诸如《勾引家日记》之类的著作。

离开哥本哈根前夕，我随物理学家朋友拉参观了举世闻名的尼尔斯·玻尔研究所，就在离旧王宫不远的地方。玻尔是爱因斯坦之后最伟大的物理学家之一，不仅提出了著名的玻尔学说，还创立了大名鼎鼎的哥本哈根学派。玻尔 37 岁时就获得了诺贝尔奖，他六个儿子中的一个后来也获得同一殊荣，而他最得意的学生海森堡获奖时年仅 31 岁。

此外，还有三座亚洲城市令人难忘，即加德满都、吉隆坡和昆明。抵达加德满都是在 20 世纪，在从印度返回西藏的旅途中。那会儿尼泊尔国王一家还住在皇宫里，四年以后，一场残酷的屠杀震惊了世界。吉隆坡是我去南非参加诗歌节途中经停的地方，那时马航的声誉还不错，石油双塔仍是世界第一高楼，数月以后才被台北 101 取代。而春城昆明因为父亲的缘故，听到它的名字便有异样的温暖，他老人家早年从故乡出发，先沿海滨走到福建，再向西深入内陆，就读于西南联大。可惜两次均行色匆匆，未来得及探访大理和丽江。更为遗憾的是，待我成年以后，想起问父亲当年的情景，为时已晚。

至于非洲维多利亚湖畔的乌干达和它的邻国卢旺达的那两座首都，记得青年时代我就曾写过一首诗：“坎帕拉，又一座建在七座小山上的城市。”这里的七座小山指的是罗马，稍后的君士坦丁堡也是如此。而在小巧玲珑的基加利，大屠杀纪念馆的朴素和寂静，给旅途中的我添加了许多温暖，我也拍摄到多幅温馨的画面。最后要说到被分离的苏丹首都喀土穆（Khartoum），虽说我只是在空中看见撒哈拉沙漠的那座“热城”，却已欣赏到一幅幅水墨画。

L

伦敦：特立独行的光荣之城

London

入选理由： 约翰逊博士说得好，“如果你厌倦了伦敦，那你就厌倦了生活”。与此同时，伦敦长久以来便是一座特立独行的城市，所谓“光荣的孤独”。

游历时间： 2000 初春、2008 年夏天和秋天。

候选城市： 拉巴斯（La Paz）、莱比锡（Leipzig）、拉萨（Lhasa）、利马（Lima）、里斯本（Lisboa）、利物浦（Liverpool）、卢布尔雅那（Ljubljana）、洛美（Lome）、洛杉矶（Los Angeles）、卢森堡（Luxembourg）、卢塞恩（Luzern）。

在以字母 L 开头的城市里，有着“天使之城”美誉的洛杉矶是我最初抵达的异国城市，连接好莱坞、比弗利山庄和圣莫尼卡海滩的日落大道令人陶醉，那里聚集的名人之多堪称世界之最。后来，我曾应友人之邀来此度过一个完整的圣诞节。还有一次是应一家华人读书会的邀请，来此举办诗歌朗诵会，那是相隔二十三年之后。可是，印象最深的仍然是第一次。

整整二十年以后，我在一位当年定居洛杉矶的中国作家的回忆文章里读到，就在我抵达洛杉矶的同一天，中国诗人顾城偕妻子谢烨离开了此城，他们经停塔希提岛，返回那会儿居住的新西兰。这是这对不甘寂寞而薄命的诗坛情侣最后一次远足，因为半个月以后，他们便在奥克兰附近的激流岛上双双离世。顾城是我从未见过的两位朦胧诗人之一，另一位是隐居纽约多年的江河。据说，顾城的声音和个头一样的小，带着胆怯和执拗。

那次旅行十二年以后，我从马德里坐火车去往欧洲之角的里斯本，五百年前那里曾是世界上最激动人心的港口。当火车临近终点站时，我闻到了一股强烈的鱼腥味，随后便见到了与足球明星 C 罗一样古铜色肌肤的英俊男子。向北，那座英伦港口城市利物浦，也以披头士乐队的故乡和一支叫“红军”的球队引诱我，并曾让我流连忘返。向南，赤道线附近，我曾匆匆游历同样位处大西洋海滨的多哥首都洛美——一如她的名字这般美丽。

由于偶然的因素，我曾数次到访卢森堡和卢布尔雅那这两个小巧玲珑的欧洲国家的首都，并留下一丝浪漫记忆。虽说后者的经济发展与前者无法相比，却有着与其名字一样优雅的景色和热情好客的人民。还有号称瑞士最美丽的旅游名城卢塞恩，郊外有德国音乐家瓦格纳的故居，他唯一的儿子在此城出生，其外公是李斯特。相比之下，德国东部文化名城莱比锡算是一座大城了，她是莱布尼兹的出生地，也是一座音乐之都，这只要提及巴赫、门德尔松、舒曼和克拉拉的名字就足够了。

而我新近两度造访的利马城，在西班牙人抵达后取代了库斯科，成为拉丁美洲唯一濒临大海的首都。木质的黑色阳台、悬崖边的红花以及圣弗朗西斯科教堂地下的头颅骨令人难忘。之后，我从利马起飞，自北向南穿越的的喀喀湖，抵达了世界上海拔最高的首都拉巴斯，无意中窥见海拔近 7 000 米高的伊利马尼山。至于日光城拉萨，则以其神秘感和周围的高山屹立于东方，那是许多同胞和外国旅行者向往的圣地，遗憾的是我造访她时病倒了。

可是，我的心仍属意伦敦，尽管用有限的篇幅谈论这样一座无奇不有的大都会注定是徒劳的。初见伦敦是新千年的第一个早春，我应哥伦比亚安第基奥大学的邀请，只身前往南美。我憧憬着从上海出发西行至欧洲，再飞越大西洋的旅程。当时有五座城市可用作中转站，即马德里、巴黎、伦敦、阿姆斯特丹和法兰克福，它们各自拥有一家著名的航空公司。

马德里和巴黎那会儿我已经造访过了，阿姆斯特丹和法兰克福同样隶属“申根”国家，将来有的是机会，因此伦敦就成了我的首选，而英国签证居然唾手可得。在一篇冠名《神秘的岛屿》的随笔里，我特别提到了三座岛屿，“纽约的曼哈顿集中了当今世界最多的财富，英国可能是迄今为止对人类文明贡献最大的一个国家，而目前具有压倒性影响力的西方文明则起源于地中海的克里特岛”。伦敦，正是英伦这顶岛屿之冠上的明珠。

飞抵希思罗机场以后，我走过长长的甬道，乘坐皮卡迪利线[①]来到市中心。再换乘两次地铁向南，穿过泰晤士河下面的隧道，用了将近两小时的时间，我才找到离温布尔顿不远的一幢带小花园的排屋，那是一对中国朋友的家。夫妻俩一个治学，另一个写作，可谓天作之合。之后的十天时间里，他们的家便是我的客栈。巧合的是，附近还有一位来自成都的诗人胡冬，悠闲自得，成了我的玩伴。

很快我便发现，伦敦的名胜之多不亚于巴黎和罗马，泰晤士河畔的伦敦桥和伦敦塔，议会大厦、大本钟和威斯敏斯特教堂，还有因电影《魂断蓝桥》出名的滑铁卢大桥；相对开阔的公众聚集地则有：海德公园、特腊法尔加广场和考文垂花园；游客必到的其他地方还有：大英博物馆（全天候免费开放）、泰特美术馆、伦敦蜡像馆、白金汉宫、唐人街十号、肯辛顿花园和圣保罗大教堂，后者的历史可以追溯到罗马人创建伦敦之初。

虽然我也走访了伦敦新区，那里高楼林立，是全世界仅次于华尔街的金融中心，但仍对大街小巷里无处不在的公用电话亭情有独钟。那种木质的红色电话亭小巧可人，有趣的是，里面贴满了妓女的广告，每一张都制作得与明信片一样精美。在莱切斯特

---

① 皮卡迪利线（Piccadilly line），英国伦敦地铁系统中极为繁忙的一条线路，于 1906 年启用。——编者注

广场看杂要的人群中，我巧遇前中国国家队范队长和他的新娘，他当时在水晶宫队效力，淡定自若的眼神表明他对类似的注视已习以为常。而我见到英格兰队长贝克汉姆则是几年以后，在皇家马德里的主场伯纳乌。

在伦敦期间，有几处地方耗费的时间相对较长。一是去北郊的海格特公墓祭拜马克思，那里大多安葬着平民百姓，因此几乎见不到什么游人。最后，我还是在一位前波兰共产党员的带领下才找到，马克思的头像高高竖立在石碑之上。另一次是周末，诗友载着我驱车郊游，看到了电影里经常见到的草地，一直延展到森林的边缘；聆听了旷野里乌鸦的鸣叫。

多年以后我才得知，英国汉学家阿瑟·惠黎也葬于海格特公墓，但我不能确信，那会儿我知道的话就能找到他的墓。惠黎从未来过中国，1918 年，他翻译的《中国古诗 170 首》在伦敦出版，受到几代西方诗人和读者的推崇和喜爱，使得陶渊明、王维、李白、杜甫、白居易等成为世界性的大诗人。这是迄今为止中国文学最成功的一次翻译，原因在于，这些诗人的作品画面感比较强，而诸如苏轼等的宋词因富于韵律且喜用典故，就像古典小说《红楼梦》那样难以成功。

虽然伦敦市区的人口逐年增长，人们的生活节奏日趋紧张。但是，由于它保留了大片绿地和湿地公园，加上泰晤士河这条天然的水域，它们组成了一个巨大的绿肺，为忙碌紧张的人们提供干净、新鲜的空气。几个世纪以来，包括野鸽、家雀、白头鸥等

油画中的威斯敏斯特教堂（1749 年）

数以百计的鸟类在这座城市落户。

同样令我印象深刻的还有，在考文垂花园观看韦伯的音乐剧《猫》，这出戏取材于诗人艾略特为儿童写的一首长诗，结尾处老猫王唱的那首《回忆》尤为动人。自从1981年公演以来，这部剧出人意料的火爆，可惜在我看过两年以后，在伦敦上演21周年之际谢幕了，总共演了九千场。这场戏在欧洲大陆和北美同样受欢迎，因此也毫无悬念地风靡了北京。说到戏剧，那是每天都有的，不像足球，一周才有一次，阿森纳和切尔西，轮流在首都坐镇主场。

无可否认，伦敦成就了大英帝国昔日的辉煌，而据总部设在纽约的《国际先驱论坛报》的一项民调显示，伦敦还是最受外国投资者青睐的欧洲城市。这一点无疑得益于谨慎而又务实的民族个性，有着下午茶习俗的盎格鲁-撒克逊人比较好地综合了法兰西和日耳曼两个民族的优点。正是这个原因，帮助伦敦击败巴黎和马德里，(第三次)赢得2012年夏季奥运会举办权。

在我首次游历伦敦八年以后，我又获得机会访问剑桥，因此得以数度重游伦敦。遗憾的是，物事全非，我的那对学者和作家朋友已劳燕分飞，各自返回中国，定居在不同的城市。不过，那位诗人却依然如故，我们更为密切地交往。而我也早已认识了更多的英国朋友。

告别剑桥之后，我又来伦敦小住。这回我听从诗人胡冬的建议，专心寻访伦敦的特色街区，包括温布尔顿。有一天，我去了西区的诺丁山。虽说叫山，其实只是一块平地，在20世纪末因为一部同名电影的上映，成为各国小资的朝圣地。出了地铁站，我走过一条宁静的小巷。两旁的排屋只有两层，每一户颜色都不一样，其中一家恰好是英国著名小说家乔治·奥威尔的故居，之前我看过他的寓言小说《动物庄园》和《1984》。

继续向前，到了另一条巷子，又是一种风格。色泽变得浓郁，房屋的楼层也有所增高。一楼全是商铺，以销售旅游纪念品为主，有的还把货物摆到了人行道上。比如，篮球、网球拍、救生圈、巴士模型，各种各样的雕像、茶壶、铅桶，甚至有两块黑啤酒的招牌，分别呈曲边梯形和八边形。这里的货物都有来头，有的还标有文字，比如网球拍的包装上写着，温布尔顿——草地网球的诞生地。

遗憾的是，我来诺丁山早了几个星期，没有看到据称是巴西以外最大的狂欢节，也是欧洲最大的露天派对。从1964年起，伦敦市政府每年在这里举办为期两天的狂欢节，让当地人尽情释放日常生活中的情绪：喜悦的、愤怒的、悲伤的、不平的……幸运的是，在我游历苏格兰后抵达利物浦的那天，恰好赶上一个狂欢节的开幕仪式，那年利物浦当选欧洲文化之都，因此特意从巴西邀请来多个桑巴舞团，而伦敦的桑巴舞精英自然也去了。

还有一天，我去了伦敦北部小镇卡姆丹。习惯了欧洲街头的冷清，突然看见人山人海的场面，简直难以置信。卡姆丹市场主要销售二手货，尤其是服装，样式和品牌稀奇古怪，这是伦敦最波希米亚化的地区。据说早在19世纪前半叶，初通铁路的卡姆丹

下午街边泡吧的绅士

便已成为伦敦乃至大英帝国的心脏地带。虽说时光流逝，卡姆丹风光不再，仍有许多有个性的商店，比如有一个商场，里面每间店铺都装扮得阴森森的。

每当黄昏或假日来临，伦敦市中心大大小小的街道和广场里就涌进了各色各样的人流。那种既繁忙又安宁的景象与聚光灯映照下的舞台，以及英超比赛现场观众的呼喊声一脉相承。最热闹也是我最爱去的地方是莱斯特广场，那是伦敦的文化娱乐中心，广场周围有许多剧院，包括《哈利·波特》等电影的首映都在这里举行。即便是工作日，下班时分街边酒吧上也会顾客盈门。他们来这里喝上一杯，既可以放松并交流信息，又免得把工作之累带回家。

其实，莱斯特广场空地很少，只有两条交叉小径通过街心花园。大文豪莎士比亚的铜像耸立在花园中央，他的戏从前经常在伦敦上演。广场上还有一个亭子叫“半价亭”，那里通常只卖当天票，在开演前几小时才开卖，涵盖了附近几十家剧院的演出，往往引来很多戏迷尤其是学生来排长队。需要指出的是，此亭虽说是半价，但要付手续费，因此对原本就有优惠的学生来说，不见得合算。

每当我逛疲惫了的时候，便会去旁边的中国城，那里有几十家中餐馆。其中有一家叫中华楼的特别引人注目，明净的窗玻璃上用毛笔写满了汉字，自右向左读，原来是一首古诗，唐代诗人

天街小雨润如酥

韩愈的《早春》。还有一家餐馆里里外外贴满了红字，店名就叫人民公社，分明是一家新店。从各国顾客们喜气洋洋的表情来看，中国城的存在已是伦敦夜生活不可或缺的组成部分。

在一家快餐店我发现，在表达吃的方面英语的笨拙和无奈，这促使我理解了法国人对英国人的冷嘲热讽。拉面被译成 freshly-made noodle，而小笼包叫作 chinese dumpling。刚好有个派送传单的男孩走过，只见他斜眼盯着玻璃窗里的一排烤鸭，垂涎欲滴。也正因为英国人不善烹饪，才广为吸纳世界各国的美味佳肴，而这可能是伦敦生活的一个缩影。我想起约翰逊博士的那句名言："如果你厌倦了伦敦，那你就厌倦了生活。"

约翰逊博士在英国大名鼎鼎，据说是莎士比亚之外最著名也最经常被人引用语录的文学人物。可是，他在英国以外（比如中国）的读者却不多，根本无法与狄更斯匹敌。这有点像鲁迅，没有长篇小说，只有短文和小诗，知名度限于汉语世界和邻国日本。在约翰逊去世的第二年，即 1785 年，《泰晤士报》才创刊，更不要说《泰晤士报文学副刊》和《卫报》《每日电讯报》《金融时报》了，后者与纽约的《华尔街日报》并列，是国际航班上最常见的读物。至于我本人的名字出现在《泰晤士报》和 BBC 的报道中，则是沾了一位河南打工青年的光，他写信告诉我他的数学发现。

2016 年 6 月 23 日，牵动世界神经的英国脱欧公投举行，翌日早上伦敦市率先公布结果，以 75.3% 对 24.7% 的比率选择留在欧盟。然而，整个英国的比率却是 48.1% 对 51.9%，卡梅尔首相只得宣布辞职。换句话说，英国非但没有加入欧元区，且脱离了已加入 43 年的欧盟（包含前身欧共体）。由于历史和地理的原因，19 世纪以来，英国或伦敦一直奉行对欧洲大陆事务不干预政策，即所谓“光荣的孤立”，这回算是应验了。

M

麦德林：诗情画意的“永春城” Medellín

入选理由：一座四季如春的城市，出产品质上好的咖啡，也是大毒枭的老巢，游击队的垂涎之地，我曾幸运地在此安然生活了十个月。

游历时间：2000—2001 年。

候选城市：澳门（Macao）、马德里（Madrid）、马那瓜（Managua）、麦纳麦（Manama）、马尼拉（Manila）、马拉喀什（Marrakech）、马赛（Marseille）、梅里达（Merida）、墨西哥城（Mexico City）、迈阿密（Miami）、米兰（Milano）、明尼阿波利斯（Minneapolis）、莫雷利亚（Morelia）、明斯克（Minsk）、蒙特卡洛（Monte Carlo）、蒙特雷（Monterey，美国）、蒙特雷（Monterrey，墨西哥）、蒙得维的亚（Montevideo）、蒙特利尔（Montreal）、蒙特勒（Montreux）、莫斯科（Moscow）、慕尼黑（Munich）、孟买（Mumbai）。

我游历过的以字母 M 开头的城市之多，唯有字母 B 或 S 可以相比，这些城市使用的语言之多，也不下十种。这其中，蒙特利尔是巴黎之外最具风情的说法语的城市，我对圣劳伦斯河岸上的仿古马车记忆犹新。另外四座通用法语的城市也极有魅力，前文已提到，阿拉伯人的马拉喀什（第一语言是阿拉伯语）是北非最吸引游客的地方，蒙特卡洛与说葡萄牙语的澳门恰好是欧亚大陆最驰名的两座赌城，而马赛这座英雄城市是许多同胞前辈率先抵达和最后离别的欧洲城市。

我做客瑞士拉芬尼庄园期间，曾独自游览了依山傍水的小城蒙特勒。那里离洛桑只有 30 公里，名流云集，有瑞士的“里维埃拉”之称，曾住过俄国作曲家柴可夫斯基和斯特拉文斯基、俄裔美国作家纳博科夫、奥地利艺术家科柯施卡、美国作家菲茨杰拉德的遗孀，还有电影里的茜茜公主——奥地利皇后和匈牙利女王，以及荷兰和伊朗的外交部前部长。我曾去探访纳博科夫晚年下榻的皇宫酒店客房，并拜谒了他和科柯施卡的墓地。

如今，蒙特勒以声名远扬的爵士音乐节为人所知，有一天，当我和友人驾车沿日内瓦湖东岸自南向北驶近她时，恰好撞见一年一度的盛会，交通堵塞可想而知。远远地我看见了西庸城堡，当年英国诗人拜伦的诗篇《西庸的囚徒》曾让它名扬天下，那会儿却有点可望而不可即。湖畔还立着一座雕像，那是坦桑尼亚出生、印度长大的英国歌手——皇后乐队主唱弗雷迪·莫库里，他演唱过许多大家耳熟能详的歌曲，可惜在 1991 年冬天因艾滋病去世，年仅 45 岁。

我游历过的通用英语的名城里，也有五座以 M 字母开头。孟买和马尼拉（母语分别是马拉地语和菲律宾语）地处热带，前者是南亚最国际化而贫富悬殊的大都会，后者则是东南亚的一座名城，经常遭受台风的肆虐。而美国西部的蒙特雷是一座迷人的海滨城市，中北部的明尼阿波利斯和东南方的迈阿密我都曾相隔多年两次造访。明尼苏达以湖光山色诱人；迈阿密则以豪华游艇著称，又因拉丁裔移民多，有“美洲首都”的雅号，我还游览了佛罗里达群岛（Florida Keys）和大沼泽地国家公园。

在欧洲大陆，还有两座发达、风雅、讨人喜欢的城市以 M 字母开头。一座是说意大利语的米兰，另一座是说德语的慕尼黑。它们都是足球名城，米兰拥有 AC 米兰和国际米兰这对死敌，慕尼黑是拜仁慕尼黑的老巢。到 2015 年，这两座城市获得的欧冠总数为 15 座，仅比西班牙光芒万丈的马德里和巴塞罗那获得的总数少一座。也就是说，仅仅两年以前，米兰和慕尼黑还更胜一筹。

还有说斯拉夫语的莫斯科、明斯克，以及位于西亚说阿拉伯语的麦纳麦。比起圣彼得堡来，莫斯科似乎缺少注入波罗的海的涅瓦河带来的灵气和皇家之气，除了红场和它的周边。明斯克是我一次漫长火车之旅的终点站，见到过不少大眼睛、高鼻梁、尖下巴的美女，可她们的总统卢卡申科宣布：美女是“国家战略资源”，限制出口。而海湾小国巴林的首都麦纳麦享有“波斯湾明珠”之美誉，却是在沙漠的边缘。

在七座说西班牙语的城市中，墨西哥占有四座。以墨西哥城为据点，我曾依次游览蒙特雷、梅里达和莫雷利亚，旅行的方式有飞机和巴士，形式有演讲、朗诵和数学报告，其间穿插了对金字塔、活火山的造访。印象最深的当数尤卡坦半岛上的奇琴伊察，那属于“新世界七大奇迹”。不过，北方之都蒙特雷也难以忘怀，那是作家阿尔丰索·雷耶斯的故乡。在墨西哥城，我参观了画家弗里达和诗人帕斯的故居，纸币上却印着另两位诗人的头像，一位国王和一位修女。

马德里作为宗主国西班牙的首都，也是人文荟萃之地，足球、斗牛、酒吧和普拉多可谓该城的四大风景。我曾在康普顿斯大学访学，对周末凌晨 Sol 地铁站的盛况记忆犹新，许多酒客搭乘头天晚上的末班车前往。中美洲的马那瓜傍依着同名湖泊，城里的男性比例偏低，四成人家里只有母亲，没有父亲。而乌拉圭首都蒙得维的亚地处南半球，因为富庶和相似的地理环境，素有“南方的曼哈顿”之美誉。可是，我最后选中的却是哥伦比亚的麦德林。

20 世纪的最后一个夏天，我在罗马参加了一个数学会议，结识了麦德林安第基奥大学的吉尔伯特教授。在他的建议下，我申请了该校的访问教授。结果获得成功，于是我停薪留职，去了哥伦比亚。

麦德林坐落在世界上最长的安第斯山的北部，确切地说，是在海拔 1 500 米的阿布拉山谷，纬度只有 6 度，这两个因素造成她温和的天气，在这里，一年到头只需穿一件衬衣。那时我没去过昆明，对四季如春这个概念比较模糊，还以为是一种文学修辞呢。机场建在山顶，吉尔伯特开来一辆吉普车接我。天空已经一片漆

安第基奥大学

黑，除了间或闪过的几处民宅以外，再也见不到一丝光亮。刹那间我想到，在哥伦比亚，甚至整个南美大陆，除了吉尔伯特我再也没有别的朋友了。

那天刚好是周末，当我们走完最后一段山路，抵达以娱乐业闻名的街区时，我的第一个感觉是仿佛置身于一座露天的音乐工厂。飘浮在天空的似乎不是星辰，而是颤动的音符。那会儿哥伦比亚姑娘夏金娜尚未获得第一个格莱美奖，但在南美洲已经家喻户晓。没过多久我就明白，麦德林人的生活是如何依赖音乐的（还有舞蹈），它就像面包、空气和水一样不可或缺，像宗教、毒品和性一样深入肌体。我在那里学会了跳莎莎舞，这种舞蹈不久以后风靡了世界。

麦德林狂欢节

圣诞节街头彩灯

吉尔伯特把我送到城西的一座三层楼房，我见到一位 60 岁左右的老太太，她就是我的房东玛尔塔。玛尔塔由于年轻时过度使用胭脂和白粉，损害了肌肤，不过身材仍保持得很好。玛尔塔的丈夫在南部的乡村经营一座农庄，每隔一两个月来省城家里小住，用她外孙的话来说，他们仍是朋友。玛尔塔主要经营保险业，家里还有两个儿子和一个女佣，外加一个印第安人计时工。这个几乎不说英语的家庭为我提供了学习西班牙语的良好环境，我开始猛学这门新的语言。

安第基奥大学创办于 1803 年，是哥伦比亚历史最悠久的大学，也是麦德林的最高学府。事实上，安第基奥是哥伦比亚最富庶的省份，而麦德林是省会。校园里既没有学生宿舍，也没有高

麦德林的传统食物 Paisa

层建筑，却有多处停车场和一条环校公路。令我印象最深的是学校里果树成荫，尤以杧果、番木瓜和鳄梨居多。有时候男生饿了，就攀上树枝采摘几个充饥，或把它们献给女生。校园里有一家供应新鲜果汁的冷饮店，广告牌上写有名字和标价的水果多达50多种。

第一个学期，我用英文开设了一门数学课，同时和吉尔伯特一起指导研究生。系主任希望我下学期能用西班牙文讲一门课，我勉强答应下来。虽说教材是美国人编的，我上课也用英语，但是间或会插上一句，Como lo decimos en Español?（此话西班牙语怎么讲？）每逢这个时候，学生们总是踊跃地告诉我，他们乐得暂时摆脱那些抽象的概念和符号。因为一门数学分支的专用词汇很少，没过多久我就基本上掌握了。需要指出的是，这里的学生不大遵守作息时间，50分钟的一节课能利用上半小时就算不错了，迟到早退是最常见的现象。

抵达麦德林一个月以后，我遇上了复活节，学校里放假一周。我受邀去吉尔伯特郊外的庄园做客，那是我第一次离开谜一般的城市。汽车沿着蜿蜒的山路行进，在一个小镇，我们遇到了复活节的游行队伍。人们穿着华丽的服饰，敲锣打鼓抬着耶稣的受难像。在农庄的那两天里，我们寻访了附近的果农和种咖啡的农民，还下到 1 000 多米深的河谷，山路极为险峻，幸好有马匹驮我们上来。归途经过一个商埠，看到一队穿迷彩服的士兵，着实把我吓了一跳，还以为是遇到了游击队——他们以绑架勒索闻名于世。

复活节后的第二个星期，我在校园里看到一幅黄色的海报，上面画着两个浮游生物，一近一远，漂荡在灰暗的水波之上。对于任何一个熟悉超现实主义画家雷尼·马格里特的人来说，都不会忽略它的。在那个戴黑色圆顶礼帽的比利时人眼里，世界就是对常识的挑战。他发明了一种深思熟虑的方法，使得物体疏远人类，从而迫使观者睁大自己的眼睛。我驻足一看，注意到下面的一行字，第十届麦德林国际诗歌节，时间是 2000 年 6 月 23 日至 7 月 2 日。

这幅海报对我个人来说意义非凡。当天，我拨通了举办单位《普罗米修斯》杂志编辑部。接电话的刚好是一位到访过中国的诗人，他用质朴的英语邀我去做客。我于是头一回在没有向导的陪同下去了市中心，怀里揣着多年以前美国房东及其墨西哥女友翻译的几首英文和西班牙文诗歌。在编辑部，我见到了麦德林诗歌节的主席、蜚声国际诗坛的拉东和一位能说流利英文的青年诗人海曼。正是借助海曼的聪明脑袋，我的西班牙文版诗集《古之裸》

得以在两年后在麦德林出版。

六月中旬的一天，安第基奥大学放假后的第一个周末，麦德林诗歌节在市中心附近一座小山顶上的露天扇形剧场揭幕。我荣幸地被邀请出席，揭幕之时，来自五大洲 60 多个国家的 80 多位诗人分乘两辆大巴抵达。我和大多数诗人在观众席前排就座，主席台前侧，两把火炬在特制的金属篮子里燃烧。剧场有 8 000 多个座位，加上两侧山坡的草地，可以容纳 10 000 多名观众。我向后回望，茫茫一片人海，观众果然爆满。当晚有 9 位诗人上台朗诵，尤以两位非洲诗人的服饰和吟唱赢得的掌声最多。

从第二天开始，诗人们每天奔赴不同的场所朗诵诗歌，地点包括学校、公园、广场、酒吧、企业、乡镇，甚至监狱和墓地。对我来说，最有意义的是，结识了用不同语言写作的通灵者，他们把我引领到一个个奇妙的国度，我的诗歌也因此被翻译成各式各样的语言。值得一提的是，除了本地观众以外，还有从欧洲飞来的粉丝。他们和诗人们下榻在同一座旅店，每天跟着诗人们去听朗诵会。不过最后几个晚上，诗人们大多集中在酒吧里，边朗诵边狂欢。

在诗歌节期间，诗人们还被组织安排参观麦德林画家博特罗的作品。他是当今世界最负盛名的艺术家之一，以擅长描绘体态臃肿的女性著称，借此表达了当代生活的枯燥和烦恼。这使我想起瑞士雕塑家贾科梅蒂，在他们俩笔下，人体变形达到了两个相反的极致。我还想到小说家加西亚·马尔克斯和他的代表作《百年孤独》。在哥伦比亚这样一个内乱不断加剧、人民生命和财产无法保障的国度，却诞生了这样两位伟大的作家和艺术家，实在让人感到不可思议。或许，这正是哥伦比亚和麦德林这座城市的魅力所在。

N

纽约：世界的中心之城

New York

入选理由：从金融寡头到流浪艺人，她都能够接纳；从牧羊圈到世界贸易中心大楼，她都可以推倒。既是避难所，又是名副其实的享乐之城。

游历时间：1994 年夏天、1998 年夏天、2011 年冬天、2018 年秋天。

候选城市：名古屋（Nagoya）、内罗毕（Nairobi）、那慕尔（Namur）、南锡（Nancy）、南京、那不勒斯（Naples）、拿撒勒（Nazareth）、新德里（New Dehli）、新奥尔良（New Orleans）、尼斯（Nice）。

1524 年，意大利探险家韦扎拉诺才来到哈得孙河口，远远地瞥了一眼今天的纽约湾。之后的八十五年里，没有一个欧洲人再来造访纽约。直到 1609 年，才有一位叫哈得孙的英国人来到这里，沿着如今以他的名字命名的河流上溯，徒劳地寻找一条通往印度的道路。几年以后，一条过路的荷兰船只起火焚毁，水手们只好在曼哈顿岛度过一个严冬，等待一条新船的建成。也就是说，纽约最初是作为避难所出现的。

20 世纪 90 年代，我有幸数度抵达纽约，尤以头一回印象深刻。我永远都记得初到纽约的景象，那是 1994 年 6 月 27 日的早晨。此前，我已经连续坐了三天三夜的灰狗巴士。那次我是从西海岸的洛杉矶出发，准备前往加拿大最东端的哈利法克斯参加加拿大数论年会。确切地说，我是要先到美国东北部缅因州的港口城市波特兰，从那里搭乘一艘客轮，去新斯科舍省南部的港口城市雅默斯，再设法到达省会目的地。

之所以选择灰狗这一缓慢的交通工具，一来是为了节省旅费，

1664 年的纽约，那年它被英国人控制，由新阿姆斯特丹易名

二来也是为了有机会看看美国的土地。那会儿世界杯正首次如火如荼地在这个国家举行，每天早上我从不同的州醒来，第一件事就是在高速公路的休息处买一份当地的报纸（有时是邻座看过后送给我的）。可以这么说，足球消息和牛奶是我的早餐，午餐是自制的三明治（面包和果酱事先准备好），晚餐通常在麦当劳享用。

第三天晚上，灰狗沿着80号高速公路，穿越了方方正正的宾夕法尼亚和小巧玲珑的新泽西，包括一座叫佩特森的小镇，那是垮掉派诗人艾伦·金斯堡的出生地和20世纪美国杰出诗人威廉·卡洛斯·威廉斯的五卷长诗的名字。当曙光初现，我看到前方的地势起伏不平，公路在一片沼泽地和湖泊群之间穿行，很长一段时间里见不到一丝人烟。有一种强烈的愿望呼之欲出，就要到达西方世界最繁华的大都会纽约了。对我来说，那无疑是生命中的一个重要时刻。

可是，灰狗并不如我原先期望的那样经由布鲁克林大桥，而是从哈得孙河下面的林肯隧道穿行而过。更有甚者，我只在曼哈顿纽约中央火车站的地下停留了一刻钟，便又乘另一辆巴士出发了，我的下一个目的地是波士顿，那里有哈佛和麻省理工学院两座世界名校。等我坐上一列火车从华盛顿前往纽约，已经是一个月以后的事了。我花399美元买了一张火车月票，准备周游北美，纽约是我的第一站。

我记得从马里兰州表哥家出发那会儿，脑海里突然冒出一句话：我终于要去纽约了。这可能是受西班牙画家米罗的传记的影

中央火车站

响，他在书中这样写道：事情越来越清楚，米罗终有一天要到巴黎去的。那次我住在约克街一位大学同学家里，他在康奈尔大学医学院附属医院做博士后，此前不久前总统尼克松和肯尼迪遗孀杰奎琳在那里故世。我万万没有想到，抵达纽约的第一个夜晚，我竟然跑到康奈尔医院打起了乒乓球。

翌日上午，为了独自品味纽约，我谢绝了同学的陪同建议。我先是乘地铁南下到贝特里公园的轮渡码头，为了节省开支，没有坐专用的旅游船，而是搭乘驶往斯塔藤岛（纽约一个区）的渡轮。我混在纽约市民中，两度悄悄逼近了当年法国人赠送的礼物——自由女神像。只见她站在比本身更高的石塔上，或许是“淡妆”

的缘故，“肌肤”比我印象里要灰暗，气度也不是那么“非凡”。

回到曼哈顿后，我汇入百老汇大街的人流中。不一会儿来到一条窄窄的小巷，不过八九米宽的样子，路牌上却写着赫赫有名的两个字，Wall Street（华尔街）。300多年前，在荷兰人统治北美时期，这里有用树木筑起的栅栏，为的是防止羊群走散。英国人占领后，拆掉围墙，改建成一条街道，没想到现在成了世界的金融中心。

我来到纽约股票交易所，从楼上的通道隔着一层玻璃往下看，只见操盘手们正忙碌不堪，这就是电视新闻里经常可见的场景。这里也是道·琼斯指数的诞生地，说起道和琼斯这两个世人皆知的人物，原来竟是普通的新闻记者出身。只是他们中学时数学成绩不坏，有一天，在写华尔街的一条财政新闻时，不经意把一堆数据加了起来，就成了今天左右世界经济形势和股民心情的数字。

离开交易所以后，我步行了几分钟，来到世贸中心，乘电梯上了双子塔楼的南楼顶层。站在400多米高的空中极目远眺，可以感受到大西洋吹来的海风，整个曼哈顿、哈得孙河、东河和上纽约湾尽收眼底，我仿佛抵达了一次漫长旅途的终点。那时候我绝没有想到，9年以后，这两座大厦会在熊熊大火和浓浓的烟雾中，在全世界亿万电视观众的注视下，轰然倒下。而纽约证交所也从此不对游人开放，直到今日。

后来，我乘车沿百老汇大街北上，经过麦迪逊花园广场（纽约尼克斯队主场），来到第53街的纽约现代艺术馆，美国人称它

从泽西城眺望下曼哈顿

MOMA，那是20世纪最大的艺术收藏馆。南北战争结束以后，美国人才发现，他们在文化上已经沦为欧罗巴的附庸。20世纪初期的美国艺术，大约比法国人落后半个世纪。以至于超现实主义领袖、法国诗人布勒东初到纽约时，不愿意开口说一句英语。

1913年，纽约军械库展览成为一个划时代的里程碑，展览会上以一幅《下楼梯的裸女》获得“引起公愤的成功”的法国画家马赛尔·杜尚抵达纽约，成为新大陆艺术家的领袖。随着第二次世界大战的爆发，大批欧洲的作家和艺术家移居纽约，美国土生土长的一代艺术家也趋于成熟，特别是1939年MOMA的开张，纽约已取代巴黎成为世界艺术之都。

在MOMA，我观赏了许多重要的现代画家和雕塑家的代表作。待浏览完毕，我来到一楼的书店，看见许多名画制作的卡片。我正仔细挑选，一位店员凑上前来，和我聊了起来。我们交换了对一些画家的看法，居然大致相仿。他叫杰弗莱，是一位摄影师，地地道道的美国人。他见我喜欢卡片，便向我暗示，要我尽量多选一些，他会给我优惠的。

我一共挑了20多张，每张的价格，有的30美分，有的50美分，结账时杰弗莱又加了一件印有MOMA字样的T恤衫，标价18美元。结果呢，机器里打出来的单子总共只有1.08美元（0.08是税金）。这个折扣打得真够意思，我想到这里是纽约，艺术家可以不拘小节，作家亨利·卢梭和莫迪里阿尼都有过小偷小摸的行为，内心居然也释然了。待我遍游欧洲，发现也只有巴黎人可媲美，那儿常有乘地铁者逃票，甚至会得到陌生人的协助。

当天晚饭后，我和同学一起到了时报广场，那是一处小小的十字路口。附近有著名的美国三大电视网总部，雷德曼主持的《晚间娱乐》就在其中的一幢大楼里现场制作。往回走一段路后是百老汇街区，到处都是游人，有不少画肖像画的画家在此摆摊，我向其中的一个中国人打听一位故友。“他昨天飞到巴黎去啦！”画画的人一脸嫉妒。可以这么说，拥挤的人群使包括谈话在内的节奏也加快了。

一会儿我们来到了42大街，这里是纽约的红灯区。一个在人行道上徘徊的妓女紧贴上来，她看上去至少40岁了。她的大胆动作让我吃惊，她说出几个我不懂的单词，我的同学也只能猜测可能是色情词语，夸耀她的“功夫”出色。我们一直走累了才搭乘一辆出租车回家，杰弗莱已打来过电话，我回了电话，约定明天中午在大都会艺术馆门前的台阶上会面。

纽约大都会艺术馆是西半球的卢浮宫，但大门外的廊柱上却悬挂着两幅招贴：毕加索画展和达利早期画展。显然这是为了诱引观众，看来在纽约，现代主义艺术已经深入人心。我惊奇地发现，毕加索有那么多漂亮的女子肖像画（后来我在马德里的索菲亚女王博物馆再次见到它们）。在此以前，毕加索在我眼里主要是创造者（艺术史家总是强调这一点），现在我明白了，他同时还是一位孜孜不倦的工匠，这也正是他能够不断创新的基础。

下午一点，杰弗莱准时在台阶上等我，手里拿着一台快速成像的照相机。我们步行来到了中央公园。进门不久便到了几年前歌王帕瓦罗蒂举行露天音乐会的地方，当时共有五十万听众，杰弗莱是其中的一个。我正想问怎么有那么多人愿意慷慨解囊，杰弗莱告诉我是免费入场。中央公园虽然是在寸金寸土的曼哈顿，面积却大得惊人，足足有一个半西湖那么大。

我们在湖泊和树林之间穿行，路上见到了英国雕塑家亨利·摩尔的几件作品，如《两个斜倚的人体》。随后，杰弗莱领我来到西南角的“草莓园”。这里是约翰·列侬的纪念角，我们遇到了几位北欧姑娘，她们是甲壳虫乐队的忠实歌迷。我们在一块写着“幻想”字样的石板前伫立，正是在此地列侬被一位疯狂的歌迷枪杀。那首创作于1971年的歌词《幻想》最后写道：

或许你要说我是梦想家
但我不是独自一人
我希望有一天你也加入
到那时世界会变成一体

杰弗莱随手捡起落在树丛里的一片纸屑，他还指给我看列侬遗孀小野洋子居住的公寓，与歌后麦当娜的家只一街之隔，从她们的阳台上可以俯瞰中央公园。公园南侧有一家列侬和伙伴们初来纽约时下榻的饭店，我想象列侬站在阳台上招手的情景。稍后，我随杰弗莱去了他位于格林尼治村的家，那是纽约艺术家的聚集地。

四年以后，我重访美国，偕家人从亚特兰大郊外驱车沿95号高速公路北上。一手握着方向盘，一手看地图，驶过了乔治·华盛顿大桥。那次我们住在一位台湾女作家的家里，几乎是重访了所有故地，并到长岛探访了诗人惠特曼故居和琼斯海滩。在MOMA，我又一次见到杰弗莱，他说我一点没变，而这也不是他最后一次说这句话。

2011年初，我又一次来到纽约。那次我是去尼加拉瓜参加诗歌节，应诗人鲍勃·霍尔曼的邀请绕道纽约。鲍勃是美国乃至世界闻名的诗人，尤以朗诵见长，《纽约客》这样赞扬他：“后现代艺术的推动者，把诗歌带进咖啡馆和酒吧。在垮掉派诗人费林盖蒂[1]之后，没有人比他做得更好。”那个冬天纽约有点冷，我记得中央公园的积雪把长椅掩埋，树杈的影子密集地投射在小小的雪岛上，可以听见滑雪场那边传来的喊叫声。

鲍勃出生在肯塔基，幼时父亲去世，母亲改嫁。他从哥伦比亚学院英文系毕业后，便独自来纽约闯荡。2002 年，鲍勃在曼哈顿创办了博厄里诗歌俱乐部，几乎每天都有一场或数场朗诵会，这在全世界都独一无二。《纽约时报》这样评价：“博厄里是个改变的信号。为了改变世界，你必须处身世界。”鲍勃平时说话风趣，我们在南非诗歌节上一见如故，后来又在立陶宛的维尔纽斯等地同台朗诵，结下了友谊。

我与纽约诗人鲍勃·霍尔曼在博厄里俱乐部朗诵

① 劳伦斯·费林盖蒂（Lawrence Ferlinghetti），生于 1919 年，是“垮掉的一代”的诗人，也是著名的城市之光图书公司的出版人。——编者注

那次我住的酒店，离唐人街不远，十七年前我便来过。不过如今，皇后区的法拉盛才是纽约最大的华人社区，那里既是南希·里根的出生地，也是美国网球公开赛的举办地。那几日阳光明媚，我沿街拍摄了不少抽象照片。为影集添加了十四幅作品。我发现，比起乌克兰的敖德萨来，大都会纽约旧墙壁上斑斓色彩的涂鸦资源毫不逊色。有一天晚上，我还在友人的陪伴下，去百老汇的大使剧场观看了音乐剧《芝加哥》，主角是两个争名夺利的女人。

多年以后，我有幸做客法拉盛图书馆，结识了多位文友，也错失了纽约马拉松赛。那次我下榻在离“9·11”纪念地一百米远的希尔顿酒店，步行去了哈得孙河畔的诗人之家。我还首次造访了华盛顿广场的库朗数学研究所和中央公园附近的古根海姆博物馆，并在时报广场旁边的摩天楼顶旋转餐厅与友人共进晚餐。

在我游历过的以字母 N 开头的城市中，至少还有印度的新德里、日本的名古屋、以色列的拿撒勒，法国的尼斯和南锡、比利时的那慕尔、意大利的那不勒斯和美国的新奥尔良。三座亚洲名城里，人口稠密的新德里尚未现代化，作为首都的历史也比较短暂；名古屋在时尚方面尚逊色于东京和大阪，同时又不如京都和奈良古色古香；而拿撒勒是耶稣的故乡，其政治稳定性和安全仍是一个问题。内罗毕是去看动物大迁徙的必经之地，但在我离去不久即发生动荡；而南京是六朝古都，帝王之气和脂粉气并存，其文化底蕴之厚常令近邻羡慕。

三座说法语的欧洲名城里，尼斯是法国里维埃拉海滨一座迷人的城市，有着舒适的气候和丰富的色彩，野兽主义画家亨利·马蒂斯曾在那儿连续度过三十七个冬天；南锡是数学家庞加莱和布尔巴基学派的诞生地，也是我滞留时间最久的法国城市；而造访那慕尔的契机与拿撒勒一样，均与诗歌有关。至于爵士乐的诞生地新奥尔良，我曾驱车路过，原本也是法国人的殖民地，至今仍以法语区吸引游客。相比之下，无论自然风光抑或时尚风范，意大利南方的都会那不勒斯均更胜一筹。可是，这十座城市的吸引力却难以与纽约媲美。

O

奥斯陆：
幸福惬意的寂寞之都
Oslo

入选理由：诺迪克人的城市，北欧海盗早年的据点，以迷人的峡湾吸引游人。位于北纬 30 度，从那里可以滑雪去北角（常常被认为是欧洲的最北方）。

游历时间：2004 年秋天。

候选城市：敖德萨（Odessa）、大阪（Osaka）、渥太华（Ottawa）、牛津（Oxford）。

奥斯陆所在的挪威属于北欧，是诺迪克人种。他们身材高大、皮肤洁白，女子多金发碧眼，与欧洲南方的拉丁人形成对照。诺迪克人遍布丹麦、挪威、瑞典、芬兰和冰岛五国的本土，以及冰岛的属地格陵兰、法罗群岛和奥兰群岛，后者位于瑞典和芬兰之

1800 年左右的奥斯陆，那时还叫克里斯蒂安尼亚

间的波罗的海，由 6 500 多个岛屿组成，说瑞典语，却隶属芬兰。

那次我是去德国参加柏林文学节，由于漫长的冷战的延误，柏林没有成为德国的航空枢纽。从上海或北京出发到柏林的旅客一般会在法兰克福、赫尔辛基或哥本哈根之间选择一个中转站，而我为了能有机会去挪威，便选择在哥本哈根中转。具体的线路是这样的，从上海飞哥本哈根转柏林，回程经停哥本哈根数日，利用这个机会自费去奥斯陆。这样一来，我就可以多游历几座名城了。

在哥本哈根游玩两天以后，我乘火车出发了。经过长长的厄勒海峡大桥，就到了瑞典第三大城市马尔默。再向北走 20 公里，便是著名的大学城——伦德，上来一群大学生，与我同包厢的有三位复旦女生。她们作为交换生来这儿学习一年，现在结伴去挪威旅行。这样一来，我就有了不请自来的旅伴，同时也意味着减少甚至失去冥想的时光。火车沿着海滨行驶，经过一个叫赫尔辛堡的港口，让我想起与之隔水相望的赫尔辛约市，其海边有一座哈姆雷特城堡。

窗外的景色宜人，尤其那些牧场和湿地，令中国姑娘们陶醉，她们不停地用相机拍照。一路极少见到房屋，有的话也是平房或两层楼房，真羡慕北欧的地广人稀。到达哥德堡已近中午，这座仅次于斯德哥尔摩的瑞典第二大城市是该国通往大西洋的唯一出口。我计划在归途停留一晚，那里即将建成一艘驶往中国的仿古帆船“哥德堡号”。对中国人来说，这座城市还与乒乓球和瓦尔德内尔①有缘。

哥德堡恰好处于哥本哈根和奥斯陆的中间，下午的旅程风景依旧美丽，但铁道线渐渐切入内陆，乘客们也都昏昏欲睡。不觉间我们错过了右侧的维纳恩湖，它的面积比青海湖大，几乎是日内瓦湖的十倍，在全欧洲名列第三，仅次于俄罗斯的拉多加湖和奥涅加湖。等我再次睁大眼睛时，已经进入挪威境内，很快到了首都南郊，左侧是闻名遐迩的奥斯陆峡湾。

说起挪威峡湾，那是一大奇观。它是被海水侵入并淹没后的冰川谷，只出现在高纬度地区。除了挪威以外，阿根廷的巴塔哥

---

① 瓦尔德内尔，世界上第一位集奥运会、世乒赛、世界杯、欧锦赛冠军于一身的乒乓球大满贯运动员。——编者注

奥斯陆市政厅，每年 12 月 10 日，诺贝尔和平奖在此颁发

尼亚也有峡湾。奥斯陆峡湾就像一棵大树一样，拥有无数的峡湾支流（其中纳勒尔峡湾已成为世界自然遗产），绵延数百公里，有的纵深达 1 000 多米，这些都是杭州千岛湖那样的人工湖汊所不具备的。奥斯陆峡湾沿岸森林密布，有许多城镇和港口，奥斯陆位于峡湾的最北端，是挪威人口最稠密的地区之一。

下午三点，火车抵达了终点站奥斯陆，三位女生还要换车去西海岸的古都卑尔根，把那里作为旅行的起点（但不知她们有没有去北角，那儿是欧洲大陆最北端，也是观看极昼的好地方）。我们在站台上告别，合影那会儿我又结识了一位来接客人的同胞商人。他是奥斯陆中国商会会长，当即用手机帮我预订了一家中式旅店。挪威的物价奇贵无比，我在柏林文学节上获得的 200 欧元朗诵费，还不够在奥斯陆消费两天。幸运的是，看在会长的面子上，110 欧元的房价打了三折，那幅合影真是拍得太值了！

奥斯陆城区不大，我一会儿就找到了那家旅店。虽然老板是中国人，但接待处的服务生全是挪威人。后来来了一位清洁工，是个 30 岁左右的上海女人，长得眉清目秀。我们聊了一会儿，原来她在上海已有不错的工作，我问她为何要移民。她说这里做服务员的月薪有三万克朗，相当于上海一年的收入，孩子的教育又全免。至于自然环境，那更是无比优美，唯一不足的是太寂寞了。“那就多生孩子吧。”我半安慰半开玩笑地说。

翌日一早，我独自游览奥斯陆，与哥本哈根或斯德哥尔摩相比，这里的建筑色彩有些单调。我最早注意到奥斯陆是因为它是三座仅有四个字母的欧洲首都之一，另外两座是罗马（Rome）和德语里的维也纳（Wien）。这其中，罗马是历史名城，而奥斯陆最年轻，建城的历史还不到一千年。有趣的是，仅有 400 多万人口的

栅栏里的绵羊

挪威恰好在四个不同的领域都贡献了一位世界级的人物，他们是文学家易卜生、艺术家蒙克、音乐家格里格和数学家阿贝尔。

我首先造访的是戏剧大师易卜生的故居。易卜生出生在奥斯陆西南 100 公里处的省会城市希恩，父亲原来经商，破产后家道中落。他被迫 15 岁开始谋生，在一家药店当伙计。30 岁前后，他在卑尔根和奥斯陆的剧院做编剧。等到他有了名气，申请到一笔国家奖学金去罗马游学，接下来的二十七年他一直住在意大利和德国，写出并上演了包括《彼尔·金特》《玩偶之家》在内的一系列剧作，其中《彼尔·金特》被同胞格里格谱成组曲，《玩偶之家》和主人翁娜拉在中国的知名度极高。

易卜生将欧洲戏剧从为人们提供消遣的状态中摆脱出来，恢复到古希腊时的作用，即成为对灵魂进行拷问和裁决的有力工具，极具影响力。他的故居位于老城西部，是一座普通的公寓，家具和书房都保存得非常完好。自从 1895 年衣锦还乡以后，易卜生一直住在这里，直至去世。故居除周一外每天开放，门票 50 克朗。对一个作家的寓所来说，价格着实不菲，谁让这里是奥斯陆呢。

从易卜生故居出来，沿着弗雷德里克大街向东北走上十几分钟，就到了挪威的最高学府——奥斯陆大学。这是易卜生向往过的学府，这方面稍许幸运一点的是数学家阿贝尔，他出生在挪威西部的一座小岛，家境更为贫寒。他的父亲是个牧师，有七个儿女。阿贝尔在教会学校遇到一位优秀的数学老师，加上他本人的早慧，得以进入奥斯陆大学。

正是在奥斯陆大学读书期间，阿贝尔完成了数学史上的重大发现，即证明五次或五次以上代数方程不存在一般根式解。这个问题的意义可以这样理解，古代数学最主要的问题是解多项式方程，对于一般优秀的民族，都能自己找到求解一次或二次方程的根（有些民族只会算一个根）。三次和四次方程比较难，是16世纪的三位意大利数学家解决的。那以后，数学家就开始期望能求解五次方程，阿贝尔却浇灭了同行的梦想。

遗憾的是，那时挪威还是一个穷国家，阿贝尔的这项工作没被及时认可。他病寒交迫，26岁便患病去世。第二天，柏林大学的聘书才姗姗来迟。我在门口欣赏希腊式的石柱，有许多学生和

阿贝尔塑像

游人，自然少不了喷泉和鸽子。值得一提的是，就在一年前，阿贝尔数学奖在奥斯陆大学首次颁发，以纪念他的两百周年诞辰，奖金和规格与诺贝尔奖一样。几乎是同时，在遥远的中国，“东方明珠”香港也开始颁发邵逸夫奖，携手阿贝尔奖，弥补了缺失诺贝尔数学奖的遗憾。

离开奥斯陆大学后，我乘公共汽车去国家美术馆，那里有蒙克的《呐喊》。一个月前，奥斯陆的蒙克艺术馆被盗，其中就有《呐喊》的另一个版本。这迫使该馆暂时关闭，消息传遍全世界，蒙克作品的价格乃至收藏馆的声望迅速攀升，以至于让我怀疑画作是否真的失窃。因为几年前，国家美术馆藏的《呐喊》也曾失而复得，使之成为造访奥斯陆游客的必到之地。让我惊讶的是，

蒙克博物馆

这件稀世之宝的长度和宽度都不足一米，犹如巴黎卢浮宫里的《蒙娜丽莎》，不过后者只有弥足珍贵的一幅原作。

假如仅仅从寿命来看，这位刚好比我早一个世纪出生的挪威人过得还不错，活到了 80 高龄，晚年声望达到了顶点。但蒙克年轻时一直被病魔和死神缠绕，他虽出身望族，年少时母亲和姐姐相继死于肺病，成年不久，父亲和弟弟也先后辞世，他自己则患上了多种疾病。因此，死亡和疾病的主题在他的作品里反复出现就不足为怪了。国家美术馆还收藏了蒙克的《青春期》《生命之舞》等名作，他以一种夸张扭曲的线形风格，表现了人类极度苦闷的内心。

参观完毕，我在一家快餐店匆匆吃了午饭，便返回旅店。那位热心的会长准时驱车来接，带我和他的客人一起去北郊的速降滑雪场。之后，我们又来到峡湾西侧的海盗博物馆和阿蒙森纪念馆。这位率先抵达南极的挪威探险家最初向往的是北极，但当他于 1909 年计划着去那里时，却得知美国人皮里已捷足先登，不得已才改变计划去南极。两年以后，他带着四名同伴，乘着狗拉雪橇历时五十三天抵达南极。纪念馆里陈列着当年送他去南极的帆船和雪橇，人气之旺出乎想象。

当晚，我们在会长自己开的酒店里享用了一顿美味的晚餐，作陪的还有当地的几位同胞。我没有带什么礼物，只好以一本小书相赠。在我收到的每一张名片上，都印满了各种各样的头衔。我不由感叹同胞的生存本领，真的很值得骄傲。

我睡了一个好觉，翌日醒来太阳已爬得老高。我不急不忙地赶去与一位挪威诗人见面。他的名字很女性化，叫艾林。艾林是奥斯陆数一数二的诗人，一位住在挪威边境附近的瑞典诗人向我介绍了他。艾林家住郊外，但在城里有一间工作室，那是欣赏他的朋友免费提供的小阁楼。我们在那里喝酒聊天，末了他还煮了一锅海鲜面。艾林感到无奈，他用来写作的语言只有四百万人可以看懂。五年以后，我与艾林在立陶宛诗歌节上重逢，那年他已经 66 岁，竟然刚刚恢复单身。

告别艾林之后，我经过皇宫附近的一条街道，恰好遇到了交通管制。街道两侧挤满了人，我见到了皇家卫队的士兵，他们头上戴着很高的帽子。不一会儿，国王和王后同坐一辆敞篷车缓缓

奥斯陆夜景

经过。王后戴着一顶小红帽，与国王一起频频朝人群注视或点头，显得十分友好，这幕场景为我提供了写作一首诗的灵感。在一个国王和王后十分悠闲的国度，百姓的生活会是何等惬意呢？

国王和王后

走过如此漫长的路途之后
我终于抵达了世界的尽头
在街上我遇见一个苗条的国王
穿白裙的王后戴着小红帽
他们坐在敞篷汽车里挥手

皇家卫队的士兵一脸稚气
帽檐上飘出一撮长长的毛发
宛如一排淡薄蜿蜒的云彩
在雨后的森林上空出现
而一面镜子已竖立在皇宫面前

在我游历过的以字母 O 开头的城市里，还有加拿大首都渥太华、日本第二大城市大阪、乌克兰名城敖德萨，以及英国的大学城牛津。渥太华纬度有 45 度，除了同名的河流分开了安大略和魁北克两省以外，并没有其他特色。不过，我在渥太华第一次欣赏了脱衣舞，一位从前的校友带我去吃自助餐，那种经历既惊艳，又难以忘怀。

大阪作为唯一可以与东京抗衡的日本城市，我曾在该城参加过一次学术会议，对她的记忆已交付与之邻近的古都京都和奈良。而泰晤士河畔的牛津弥足珍贵，假如我不曾完成一本游记《英国，没有老虎的国家》，她是值得专门一书的。此外，还有一幅名为《查韦尔河的情侣》的摄影作品也创作于牛津，已留作永久的纪念了。与美丽的剑河相比，查韦尔河更富于一种原始的激情。

最后，我必须要单独说一说敖德萨。2010 年，我应邀到哈尔科夫国立大学访问。我选择敖德萨作为抵达的第一座乌克兰城市，这是因为此前刚游历了与罗马尼亚同宗同文的摩尔多瓦，从首都基希讷乌坐巴士过来路线最近。这样一来，我就把从苏联独立出来的欧洲诸国全部走遍了。可是，由于一个叫“德涅斯特河沿岸共和国”的存在，巴士不得不绕道多瑙河三角洲。

敖德萨位于黑海之滨，气候宜人，是个天然的不冻港。她有着悠久灿烂的历史，曾是古希腊的殖民地，14 世纪鞑靼人在此建立定居点。1791 年，俄国人赶走了土耳其人，三年以后叶卡捷琳娜二世下令，效仿当年彼得大帝兴建圣彼得堡，修筑了这座“通向黑海的窗口”的城市。当时俄罗斯女王认为她的国家需要在黑海边建一个港口，用来扩展与欧洲之间的贸易往来。

19 世纪，“敖德萨小麦指数”成了俄罗斯财政的风向标。俄罗斯南部和乌克兰的农产品出口基本上从敖德萨输出，用来支付从圣彼得堡输入的西欧工业品。在巴尔扎克的小说《高老头》里，主人公高里奥便是去敖德萨经营小麦生意发的财，他在法国闹饥荒时大搞粮食投机，从不名一钱的“扎克雷”（法语“乡巴佬”）成为暴发户。

俄罗斯诗人阿赫玛托娃和画家康定斯基分别在敖德萨出生、长大，前者被誉为“俄罗斯诗歌的月亮”，后者是抽象主义绘画的创始人。还有数学家盖尔芬德、短篇小说家巴别尔和小提琴家梅纽因也与之瓜葛。更早些时候，俄罗斯诗歌的太阳——普希金曾赞叹，“敖德萨的空气里弥漫着欧洲的气息”。有一天，正当我独自一人在普希金大街游逛，忽然从四合院破旧的墙壁上首次获得了抽象摄影的灵感。

P

巴黎：至少她是全世界最美丽的城市

Paris

入选理由：有一则旅行社的广告词说得明了，“巴黎，至少她是全世界最美丽的城市”。只是，委屈了黄昏时分让人心醉的布拉格。

游历时间：1995 年、1999 年、2002 年、2007 年、2008 年、2009 年、2018 年。

候选城市：巴勒莫（Palermo）、巴拿马城（Panama City）、彼得罗波利斯（Petropolis）、费城（Philadelphia）、金边（Phnom Penh）、匹兹堡（Pittsburgh）、庞贝（Pompeii）、布拉格（Praha）、普林斯顿（Princeton）、普罗维登斯（Providence）、普诺（Puno）。

屈指算来，我曾先后有十多次来到巴黎，其中逗留十天以上的就有三次。比较起来，印象最难忘的还是头一次，那是 1995 年夏天，我在巴塞罗那首次参加欧洲数论大会。会议结束之后，我独自一人乘火车沿着地中海滨抵达蒙特卡洛，投宿在车站附近的一家青年旅店。

翌日早餐之前，我忽然兴起，大胆随意搭车前往意大利境内的一座小镇，在那里短促停留。那时加入申根组织的只有西欧七国，意大利尚不在其中。回到旅店用过早餐后，我乘火车来到邻近的尼斯，随即乘坐下一班发往巴黎的直达快车，那也是我第一次乘坐高速火车。当车速加快至每小时250公里时，外面突然下起一场大雨，可是由于车速太快，只听见雨声，看不见窗玻璃上的雨珠。

再往前，就是雨果、波德莱尔和普鲁斯特的巴黎，也是肖邦、德彪西和斯特拉文斯基的巴黎，是毕加索、马蒂斯和阿波利奈尔的巴黎，也是帕斯卡尔、笛卡尔和莱布尼兹的巴黎。是我们这一代人从少男少女时代起就梦萦魂绕的巴黎，也是父亲母亲不敢向往的巴黎。当天晚上，我住在诗友宋琳家里。

次日凌晨，一阵细微的凉风把我从客厅的长沙发上唤醒，我想起阿波利奈尔《米拉波桥》里的诗句：

塞纳河在米拉波桥下流淌

我们的爱情

我必须追忆吗

那痛苦之后常常是快乐

于是，我决定先去米拉波桥，再沿塞纳河步行至埃菲尔铁塔。“阳光明媚，生命多么美好啊”，波兰诗人米沃什在《拆散的笔记本》里也追忆了从华沙初到世界之都时的激动心情。

我没有爬埃菲尔铁塔，但通过下面一个收费的问讯处找到一家青年旅店，我在巴黎的旅行生活由此拉开序幕。香榭丽舍大街对我来说另有一番吸引力，我想亲眼看看几年前那位勇敢的法国青年私自驾机穿越的凯旋门究竟有多宽。下午三点，我来到戴高乐广场，只见香榭丽舍大街上人山人海。太巧了，一年一度的环法自行车赛即将到达终点！

广告车一辆接一辆，少女和鲜花，游人和警察，让我想起每年元旦洛杉矶帕萨迪纳的玫瑰花车游行。临街的位子早已被人占据，我原来打算从凯旋门走到协和广场，谁知三站远的路非常漫长。天气炎热，许多游人脱光了上衣。看看路旁的大屏幕电视，冠军又遥遥无期。突然之间，我钻入了地铁。

一刻钟以后，我从塞纳河的水底穿过，当我走出地面，看到一座建筑物，有几截像肚肠一样盘旋的楼梯裸露在外面，这就是闻名于世的蓬皮杜艺术中心。罗马尼亚雕刻家布朗库西的雕塑在门外的小屋里永久展出，他那件金黄色的像鹅蛋一样横放着的女子头像非常惹人喜爱，也出现在展览会的招贴画上。

我被广场上自由散漫的气氛感染，用一分钱的中国纸币从一个突尼斯老头那儿换来一杯冰水，用一把折叠的张小泉剪刀和一个法国小伙子交换了一瓶百事可乐，用一件印有汉字的 T 恤说动一位叙利亚留学生为我画了一幅漫画。这是我在巴黎初期的经商故事，恐怕如今已行不通了。

我住的旅馆位于波德莱尔街。巴黎是世界艺术之都，是现代主义艺术的摇篮和圣地，以作家和艺术家命名的街道很多，例如雨果大道、笛卡尔大街、伏尔泰街、帕斯卡尔街、左拉街和莫扎特街，数不甚数。纪念馆却是不多，印象里只有巴尔扎克、雨果、罗丹、毕加索的。毕竟成本太高了，而命名街道是免费的。画家德拉克洛瓦的头像出现在面值100法郎的纸币上，能见到是一种幸运。

巴黎的交通非常方便，从波德莱尔街到巴黎圣母院坐地铁只需10分钟。巴黎圣母院因雨果闻名于世，雨果也因其而在众多的巴黎文人中独领风骚。虽然如此，他却难以与莎士比亚、但丁、歌德、塞万提斯在各自国家和语种里的地位匹敌。毫无疑问，莎士比亚和牛顿是英国历史上最伟大的两个人，类似的评选在法国

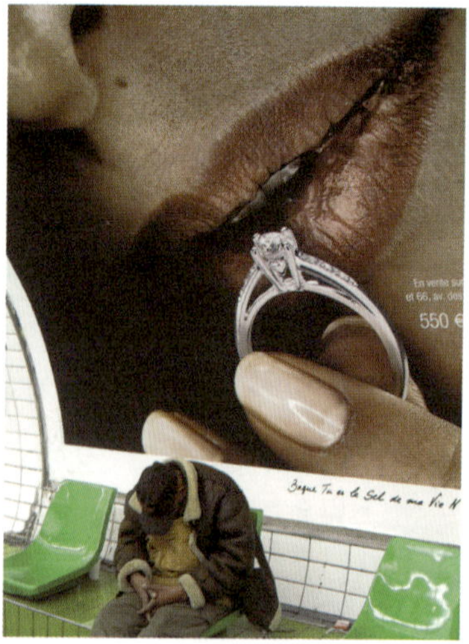

巴黎地铁车站

街头读报的男子

却很难进行。

可是，法国人完全不必为此感到难为情，因为他们以其独到的无法模仿的风格贡献出了巴黎，这是其他民族，比如意志坚毅、精明强干、富于思辨的德意志人难以做到的。正如旅行社的广告词所写，“巴黎——至少她是全世界最美丽的城市”。巴黎圣母院位于塞纳河的小岛之上，这里是巴黎的发祥地，加上与之相邻的圣路易岛，共有 14 座桥与两岸相接（不知是否与路易十四有关）。但我相信，巴黎让原本有谋反之心的异乡人拿破仑臣服，由此成就了法兰西的辉煌。

翻开巴黎地图，市内二十个区不仅用阿拉伯数字命名，其位置也依照平面几何里的双曲螺线分布。可以想象，假如中国某座城市也以此来为城区命名，恐怕会招惹众怒。后来我看到，这条由古希腊数学家发明的曲线在 2004 年雅典奥运会闭幕式团体操表演中大放异彩。如此一来，就不难理解，为何巴黎有一百多处街道、广场和车站以数学家的名字命名。

在德国数学王子高斯的传记里，我读到下面这段对话。有一个异乡人在巴黎问当地人：“为何贵国历史上出了那么多伟大的数学家？”巴黎人回答：“我们最优秀的人学习数学。”这个异乡人又去问法国数学家：“为何贵国的数学一直享誉世界呢？”数学家回答：“数学是我们传统文化中最优秀的一部分。”原来，在法国人心目中，数学不仅属于文化的范畴，还是其中最优秀的部分。

巴士底广场是我乘地铁必须经过的一个交叉点，这个地名耳熟能详，因为巴士底狱早已进入中国的中学历史教科书，不过这段历史恐怕已被法国人遗忘了。广场的一头是一条通向塞纳河的小河，与杭州的中河差不多宽，岸上有一段供人晒日光浴的堤岸，尽管西方人不大爱看热闹，仍有许多匆匆而过的路人停下脚步来瞧一瞧裸露着上身的男男女女。

事实上，来这儿的人大多是单身游客，间或会有相邻的异性坐起来面对面聊天，他们目光坦然，神态自若，不一会儿就拍拍屁股各走各的路。那种感觉恐怕有点类似攀岩或跳伞，属于精神上的冒险。说实话，远离大海是巴黎最大的缺憾，几年以后，巴黎市政府想出一个妙计，把真沙子运来，铺设在塞纳河两岸，让没钱没时间的人也能享受海边度假的滋味。

我来到蒙马尔特，发现这个从前云集了全世界最优秀艺术家的街区与别处并无两样，只是在卖纪念品的小店里找到一些怀旧的东西，一张半个巴掌大的兰波头像索价 12 法郎，一片印着马蒂斯画作的发卡要价 30 法郎。而山上圣心大教堂周围，则聚集了两百多位街头画家在那里设摊画肖像，他们有自知之明，不认为自己是艺术家。多年以后，我受邀参加巴黎诗歌节，曾在圣心剧场里朗诵自己的作品。而沙勒维尔书店的玻璃窗厨上，曾写有我的《疑问》中的三行诗句。

在巴黎度过一周以后，我终于再次前往卢浮宫。前几天因为来得晚，得知《蒙娜丽莎》五点钟“下班”而折回。20 法郎的门票算不了什么（每逢星期四甚至免票入场），比香榭丽舍大街两侧

圣热尔曼大街上的一家咖啡店

饭店里的一小瓶矿泉水还要便宜。对能够到巴黎来的中国人来说，卢浮宫无疑是必到之地。后来我才发现，塞纳河对岸的奥赛美术馆才是西方游客的最爱，我在那里幸运地拍到两幅作品。

卢浮宫的声望主要基于希腊人和意大利人的杰作，虽然在手册的封面上同时还印着雷诺阿的《舞女》，但这只是爱国主义的一点点表现。同时也说明了在现代主义完全占统治地位的今天，古典艺术仍然具有至高无上的魅力。在法国人心目中，艺术家没有国籍和种族之分，在他们眼里，《蒙娜丽莎》《米洛斯的维纳斯》和毕加索均是法兰西的骄傲。

我在卢浮宫只待了一个小时，却在阿波利奈尔铜像前停留了三个小时，也为了诗人当年因宫里的一起失窃案被捕而鸣不平。我在圣日耳曼德佩教堂的拐角花园里找到了毕加索给法国诗人阿波利奈尔塑造的半身铜像，圆脸庞、噘嘴唇、高鼻梁和大眼睛，栩栩如生。我不仅喜欢他的诗歌和多才多艺，还有名字：Apollinaire，听觉和视觉效果都不错，因此办了一家民间诗刊《阿波利奈尔》。

《阿波利奈尔》一共办了 13 期，历时 15 年，最近一期出刊是 2009 年。除前两期以外，每期 100 页，油印，寄赠诗友，一共有 60 多位诗人成为它的作者，多数是当代中国诗人的佼佼者。2015 年冬天，我曾借一位画家友人的农家庄园，举办了米拉波诗会，以纪念创刊 20 周年。那次主题是诗歌与电影，有一个晚宴和一场朗诵会（法语朗诵自然少不了），还放映了一部友人导演和主演的电影。

在世人看来，法语是全世界最动听的语言，法国人有着丰富的面部表情和强烈的幽默感。因为法语的圆唇音有 9 个（而英语和德语加起来才 7 个），他们说话时嘴唇不得不朝外鼓。不仅如此，法语发圆唇音时拱成圆形的幅度也特别大，尤其在连贯发音时，辅音用得比英语少，发辅音的舌位也比英语靠前。雅克 · 希拉克演讲时，听起来像是在唱歌。

几乎每天晚上十点半左右，我从塞纳河边的某个地方出发，乘地铁来到 S 家稍作休息并聊上一小时。通常他会预先泡好一壶福建茶，我们每次谈得很融洽，都是些比较严肃的话题，例如诗歌艺术什么的。有时，我觉得饿了，就在他家煮一碗方便面，也是从中国带来的，说实话，我从来没感觉方便面有这么好吃过。

十二点一过，我便起身告辞。巴黎最后一班地铁通常是在十二点半，周末推迟到一点。我非常幸运，每次都赶上末班车。（有一回我的两位瑞典室友误了点，当他们步行回到旅馆时，已经凌晨三点多了。）这时候也是地铁的高峰期，据说逃票率比平时高出四五倍，超过了半数。

这一点毫不稀奇，巴黎自由散漫的气氛很容易让人学着这么做，即使是不逃票的中老年妇女，也会乐于帮助素不相识的年轻人通过无人检票的入口处，而附近售票处工作人员一般睁一只眼闭一只眼。在我看来，这正是巴黎吸引游客的一招，由于人类固有的恶俗心态，他们在交通、食宿和购物方面消费以后，从夜晚的酒吧醉饮一番归来，为讨得一点小便宜而兴高采烈。

我常常回忆起那部由特吕弗执导、德帕迪尔和德纳芙主演的电影《最后一班地铁》，故事讲的是“二战”期间的巴黎，由于实行宵禁，去剧院消磨时光的人们必须乘坐最后一班地铁回家。战争容易让人疯狂，也让感情变得粗糙，急急忙忙中有人爱上了不该爱的人。无论如何，在纳粹德国占领巴黎时期，巴黎人还有此等闲情逸致，这不禁让人肃然起敬。

在我游历过的以字母P开头的城市里，还有中美洲的巴拿马城、中欧捷克共和国的布拉格、中南半岛（印度支那半岛）柬埔寨的金边。巴拿马城地处热带，以一条人工开凿的运河闻名于世，既吸引了游客，也带来巨大的经济效益。让我惊讶不已的是，当一艘艘万吨巨轮驶过水道时，仍是阿基米德发明的小小滑轮车在拖曳它们。

虽然时光流逝，金边的黄土地和寂静的干燥仍令我难忘，洞萨里河与湄公河在此交汇。1434年，金边取代吴哥成为柬埔寨首都，后多次被弃用，直到1865年，诺罗敦国王在此重新建都。说到诺罗敦王朝，有血缘关系的已维持近两千年，仅父系的也已连续七百多年，可谓世界之最。我们熟悉的西哈努克是第96代国王。他19岁被法国人选中做了国王，14年后却把王位让给父亲。

布拉格的老城区是东欧国家首都中唯一没被战争破坏的地方，初见伏尔塔瓦河两岸（尤其是查尔斯桥头一带）的美丽景致令人怦然心动，以至于我第二天主动放弃了再次观赏的机会，害怕破坏昨日的美好记忆。唯一的遗憾是，河面过于宽阔，拍成照片的话，对岸色泽迷人的建筑和树木就成一条横线了，水面和天空占了大部分画面。

19世纪末，客居美国的捷克作曲家德沃夏克创作了《自新大陆交响曲》，其中最吸引人的第二乐章标题即伏尔塔瓦河，那是动人的慢板，后被人填词成歌曲《念故乡》唱遍全球。德沃夏克出生在布拉格郊外的小镇，曾任纽约和布拉格的音乐学院院长。离开布拉格前往华沙路上，我在一个临时停靠的小站拍到正午的月台，犹如一幅油画。很久以后才识得上面的捷克文，原来是布拉格东站。

此外，我曾造访过美国大陆最小的罗得岛州首府普罗维登斯，在布朗大学做客两周，那里也是美国数学会所在地。而另一座常春藤名校普林斯顿和高等研究院可谓数学圣地，我有幸两次游历，并应邀做了两个演讲，分别是数论报告和公众讲座。在秋天最美丽的时节，走过爱因斯坦和哥德尔当年散步的林中小路，那是一种享受。而昔日的钢铁之都匹兹堡，如今因安迪·沃霍尔的故乡而闻名，我参加过那里的爵士诗歌节。

还有南美洲和北美洲的两座旧都——巴西的彼得罗波利斯和美国的费城，前者是葡萄牙人修筑的夏宫，后者是美利坚建国初期的首都。意大利西西里岛是阿基米德的故乡，其首府巴勒莫却是黑手党的总部所在，我在那里度过的唯一的夜晚充满了惊险和刺激。与之隔海相望的庞贝古城虽只是旅游者的城市，却不由让人产生思古之情。而安第斯高原上的明珠——的的喀喀湖西岸的秘鲁省会普诺，则以淳朴的高原风情驻留在我的记忆中。

Q

魁北克城：唯一保存了古城墙的北美名城

Quebec City

入选理由：加拿大最古老的城市，狄更斯赞其为“北美的直布罗陀”。她是法兰西留给美洲的礼物，以举办两年一度的中世纪节闻名。

游历时间：2006 年秋。

候选城市：青岛、泉州、基多（Quito）。

法国人喜欢河流和大海，这与他们本土优越的地理环境不无关系，南面是地中海，西面和西北是大西洋的两个属海——比斯开湾和英吉利海峡。他们留在北美的三座名城——圣奥尔良、蒙特利尔和魁北克市也依偎在大河和大海之滨，其中美国的圣奥尔

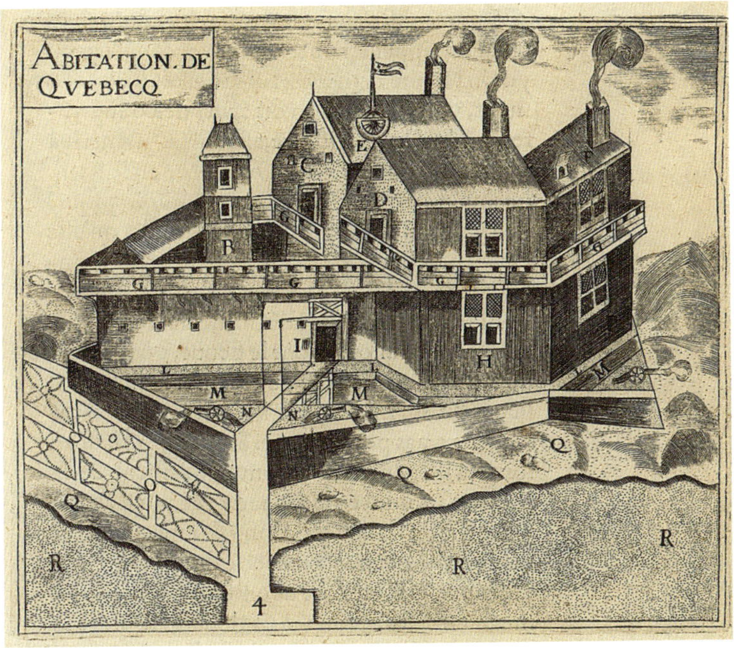

1608 年，法国人在魁北克的最初定居点

良位于密西西比河与墨西哥湾的交汇处，而加拿大的蒙特利尔和魁北克则有圣劳伦斯河贯穿市区，前者被河水环绕，后者与大西洋近在咫尺（实为喇叭形河口的顶端）。

2006 年秋天，我应一年一度的魁北克诗歌节组委会邀请，从上海出发，飞抵蒙特利尔。一辆小车直接把我从城西的机场接到了城东 100 多公里外的三河城，这座小城位于圣劳伦斯河与圣莫里斯河的交汇处，几乎处在省会魁北克市和该省第一大城市蒙特利尔（曾是加拿大第一大城市）的中点。

既然是魁北克诗歌节，当然是讲法语了。受邀的诗人除本省以外，以法国人、比利时人和瑞士人为主。还有几位来自加勒比海和西非的诗人，其中有瓜达卢普岛的恩内斯特，他自称是邻国圣卢西亚诗人沃尔克特的好友；还有法兰西学院诗歌大奖得主、塞内加尔诗人阿马杜。此外，还邀请了加拿大英语地区用法语写作的两位诗人。

对我来说，最高兴的莫过于结识法国女诗人安妮－玛丽亚·苏利尔，她是英国文学博士，在歌德的母校斯特拉斯堡大学教授英语文学。没想到的是，仅仅几个月以后，安妮－玛丽亚就来到我任教的浙江大学。她在外语学院任教之余，把我的几十首诗歌译成法文，取名《我们在世界的海洋上游泳》，交给巴黎的狼耳朵出版社出版了。她还邀请我到斯特拉斯堡图书馆朗诵，此乃后话。

诗歌节的听众有些是三河市的市民，还有不少来自蒙特利尔和魁北克市。他们白天驱车赶来，入夜返回家中。这些听众有的是诗人，有的是普通读者，他们与诗人们共进午餐或晚餐，费用自理。由于每次菜肴不同，价格也不断变化，印象里最贵的一顿是30加元。组委会还提供了套餐，即把所有朗诵入场券和餐券打包出售，犹如足球联赛或大满贯网球赛的套餐。而朗诵的形式也是多种多样，有与管弦乐队合作，也有中学生的舞蹈穿插。

作为世界上最大的新闻纸产地之一，除了圣劳伦斯河和河边的一座教堂以外，三河城并没有别的景致。蒙特利尔我早就游玩过了，因此省会魁北克市是我所向往的。诗歌节长达一个多星期（包含中国的国庆长假），我曾试图搭乘当地诗友的便车，却没有

喀麦隆诗人在朗诵

中学生的舞蹈表演

成功。没想到组委会特意安排了一次远足，目的地恰好是魁北克市。秋天的枫叶披挂公路两侧，沿途的景色令人赞叹，一个半小时的车程使我相信，这是全世界最美丽的高速公路。

说实话，我还是第一次与团队一起游览一座城市，虽然这支团队是临时的。下高速以后，抵达老城区之前，我们看见了一帘白色的瀑布——蒙特默伦西瀑布，从一处几十米高的高地悬挂而下。这是在一座城市的城乡接合部，不由令人惊奇。据导游介绍，到了冬天，这条瀑布会变成一座白皑皑的冰山，而湖面和地面上的溜冰者滑雪者如云。这想必会成为一大奇观。

不一会儿，我们又见到了圣劳伦斯河。魁北克在印第安语里的意思是“河流变窄处”，但魁北克市地处下游，河面仍有 1 000 多米宽。可以想象，命名者是从海上抵达的，因此，先有市名再有省名也就不足为怪了。由于圣劳伦斯河的航道水系连通五大湖群，包括芝加哥、多伦多和蒙特利尔等港口城市，因此魁北克市一度成为美加两国最重要的水路要塞，难怪当年英国作家查尔斯·狄更斯称之为“北美的直布罗陀”。

狄更斯的那次远足，是在 1842 年。他从利物浦启程，坐船经哈利法克斯到波士顿，而后向南一路游历纽约、费城、巴尔的摩、华盛顿，再坐小运河上的船向西经匹兹堡到达辛辛那提。接下来，狄更斯过伊利湖到尼亚加拉瀑布，再过安大略湖到多伦多。之后，他便沿着圣劳伦斯河顺流而下，经游蒙特利尔抵达魁北克市。在当年出版的《游美札记》里，狄更斯这样描绘魁北克：

城市高得令人目眩，堡垒简直就像悬在半空一样，街道峥嵘，陡峭如画，城门狰狞，景物俊伟壮丽……

这里是狄更斯北美之行的最后一站，那以后，他原路返回蒙特利尔，从那里坐火车去纽约，再乘船返回英国。的确，魁北克的老城建在临水的岩石之上，周围有城墙（北美唯一保存下来的古城墙），易守难攻。狄更斯写道："那个地方（指魁北克市）看过以后，永远都不会忘记，永远不会在心里与别的地方混杂。"

说到魁北克城，必须提及她的创建者萨缪尔·德·尚普兰，他是法国著名的探险家、地理学家，也是法国与北美贸易，尤其

魁北克火车站

是皮毛贸易的开拓者。1608 年，尚普兰在魁北克登陆，据说当年留下来过冬的 25 个殖民者中，仅有 8 人活了下来，其他人大多死于坏血病和天花。但尚普兰坚持下来，并在三河市在内的许多地方建立了定居点。他曾多次往返法国和北美，出版了《新法兰西游记》。

1635 年，身为总督的尚普兰瘫痪病倒，在当年圣诞节逝世于魁北克市，享年 61 岁，没有留下子嗣。不幸的是，安葬他的教堂五年后被大火烧毁，虽然教堂得以重建，却无法找到他的墓地。在美国纽约州、佛蒙特州与魁北克之间，有一个面积仅次于五大湖的美国第六大湖——尚普兰湖，据说尚普兰曾在此与印第安人交战。湖长近 200 公里，从纽约州一直延续到魁北克省。1994 年夏天，我从蒙特利尔坐火车南下纽约，途中有一段是在此湖西岸行进，可惜是在夜晚。

当旅游大巴经过国家战争公园，我们看见了一片高尔夫球场大小的绿地。在 18 世纪的北美英法战争中，魁北克市成为双方争夺的主要目标。最后，城市落入英军手中，但两国统帅双双阵亡。有意思的是，战后两国签订协议，把在蒙特利尔汇入圣劳伦斯河的渥太华河定为界河。河之南为说英语的上加拿大省，即今天的安大略省。河之北为说法语的下加拿大省，即今天的魁北克省。

接下来，我们来到圣母大教堂。此教堂建于 1647 年，是北美最古老的教会建筑。教堂内装饰华丽，有许多价值连城的油画。

那会儿我的内心十分沉重，虔诚地向圣母做了祷告。令我印象深刻的还有教堂外面的庭院，不仅竖立着各位主教的雕像，还有《圣经》的模型，以及十几只新鲜的大南瓜（万圣节已经临近了）。尤其是草丛里的那具棺木，对我来说有一种寓意。

之后，我们来到了临河的老城区，那是联合国教科文组织名下的世界文化遗产，游人如织，导游给诗人们留下自由支配的时间。首先映入我眼帘的是古堡大酒店，这座 1893 年落成的豪华酒店外表酷似童话城堡，每一间朝南的房间窗口都正对着圣劳伦斯河。“二战”期间，美国总统罗斯福和英国首相丘吉尔曾在魁北克市两度会晤，均下榻在此。

万圣节将至

那两次会晤均是在雅尔塔会议之前，可能是缺乏东西方碰撞的效应，不太为世人所知。第一次是 1943 年 8 月，他们讨论了进军法国和意大利的计划，尤其是诺曼底登陆（当时称作“霸王作战计划”），不过两人存在分歧，直到后来的德黑兰和开罗会议才统一意见。第二次是在 1944 年 9 月，两人决定兵分两路进攻德国，而不是协同作战。这项决定战后遭到了批评，因为它使得苏军占领了柏林，造成东德和西德长期处于分裂状态。

在滨河公园，我凝神眺望河水和南岸，一艘万吨巨轮正逆流经过，前后有几只小船，而两只渡轮正沿着大写的 X 路线往返于两岸。我没有到对岸，那里离美利坚合众国的北部边陲——缅因州只有几十公里。十二年前的一个夜晚，我曾穿越缅因州的北部抵达魁北克省。

记得那天大雾弥漫，我在一首冠名《魁北克的早晨》的小诗结尾写道：

我们穿越了夜的包围
两个国家的夜的包围

而在同一天同一列火车上写的另一首诗结尾，则有这样的句子：

一个国家元首死于疾病

一名足球后卫死于非命

这位元首是金日成，这位足球后卫叫安德烈斯·埃斯科瓦尔，他是哥伦比亚麦德林国民竞技队主力，不久前作为国家队队长参加美国世界杯，在与美国队的比赛中打进一个乌龙球导致小组赛被淘汰，回国以后他在一家酒吧里遭人枪杀，那是足球史上最耸人听闻的事件，原本那年他已获得意大利AC米兰邀约加盟。

在魁北克一家中国饭店的收银台，我拨通了故友D的电话。在这座95%的居民只会讲法语的城市，我听到了一个熟悉的声音。D毕业于浙江丝绸工学院（现浙江理工大学），专习美术装潢，后来她嫁给一位法裔华人，从杭州移居魁北克城。但D的家是在城西的卫星城拉瓦尔。那会儿离大巴返回三河城时间已不多了，我们无暇见面，约定第二年她回国时再聚。

后来我才了解到，拉瓦尔是魁北克人文气息最浓厚的城郊，那里咖啡馆和酒吧林立。拉瓦尔大学由法国卢瓦尔河大区马耶讷省拉瓦尔区的主教创建并命名，那是在1663年，仅比哈佛大学晚20多年（比耶鲁大学则早了将近70年）。它不仅是加拿大最古老的大学，也是美洲最古老的法语大学。

沿着老城区的鹅卵石街道行走，两侧布满鲜花簇拥的商铺和饭店，有的是印第安人风格，有的是因纽特人风格。与印度人和非洲人一样，这里的原住民也以丰富艳丽的色彩夺人眼球。在法裔人口出生率不断下降的情况下，原住民人口在魁北克省却接近四万。值得安慰的是，虽然主张独立的魁北克党人几次发起全民公决，最终都以微弱票数失败。

17 世纪初，法国人才在魁北克市建立第一个定居点。可是每个奇数年的八月，这里都会举办为时五天的中世纪节。这是让我备感好奇的地方，同时也让我深感遗憾，我来得不是时候，难以想象那盛况空前的场面。但我能够理解，那些远涉重洋的欧洲移民及其后裔缅怀祖先的心情。让我惊讶的是，圣劳伦斯河口长达 250 多公里，远超钱塘江和南美的拉普拉塔河。

值得一提的是，两年以后，我又返回三河市，再次应邀参加魁北克诗歌节，那次我带着巴黎出版的法语诗集《我们在世界的海洋上游泳》，可惜没有再回魁北克市。记得有一位身体残疾的华裔诗人，由他的女儿陪同前来，他们住在温哥华。这是魁北克诗歌节难得邀请的用英文写作的诗人。

以字母 Q 开头的城市极少，除了魁北克城，我游历过的仅有三座，青岛和泉州可谓其中的佼佼者。第一次去青岛是在 1981 年夏天，那时我还是在校大学生，从济南乘车前往，借住在大学副班长家里，三天的时间里看遍了青岛的名胜，记忆最深刻的是深入大海的栈桥和海水浴场，还有八大关的德式建筑。

回忆我参加高考那会儿，曾以为山东大学设在青岛。事实上，20 世纪有数十年时间山大是在青岛办学，山东大学与青岛大学的名字交替使用。直到 1958 年，山东大学才又迁来济南。我博士毕业时，导师曾有意让我去他兼任校长的新青岛大学工作。如今，山东大学青岛校区建成。我相信，我与青岛的缘分还会继续。只是每次想起青岛与韩国和日本的距离之近，总觉得这座城市的黄金时代尚未来到。

至于我驱车抵达海上丝绸之路的起点、曾经的东方第一大港——泉州，则是2013年夏天的事情了。那是一座与想象中的古城非常接近的城市，也是国内西藏以外我见过的最具宗教氛围的城市，尤其开元寺、洛阳桥、清源山和涂门街一带。马可·波罗从这里离开中国，郑和也从这里扬帆远航，而那位曾经风流倜傥的弘一法师最后也选择此地圆寂。可以说，我对泉州的喜爱和对与之邻接的厦门的喜爱不相上下。

还有南美小国厄瓜多尔的首都基多，它因为赤道线穿越市区，幸运地成为世界驰名的旅游胜地。由于海拔高度2 850多米，基多每个月的平均气温均在15摄氏度左右，与同纬度的新加坡毫无相似之处。更有趣的是，基多唯一的机场位于市中心，这是由于四面环山的缘故。可是，我的心仍属于那座与北京刚好有十二个小时时差的魁北克市，她对我来说是天涯海角，相思无尽。

R

里约热内卢：上帝之子在狂欢

Rio de Janeiro

入选理由：依山傍海的姿态无处可以媲美，拥有最迷人的科帕卡巴拉海滩、地球上最富激情的嘉年华，以及可以容纳 20 万观众的马拉卡纳。

游历时间：2000 年冬天。

候选城市：拉巴特（Rabat）、罗马（Rome）、罗萨里奥（Rosario）、鹿特丹（Rotterdam）。

以字母 R 开头的城市很少，最初我只游历过两座，均魅力非凡，令我难以取舍。地中海海滨的罗马以其灿烂辉煌的历史闻名，而大西洋岸边的里约热内卢（南美人亲切地称之为里约）则以其热情奔放诱人。最后，因里约是我游历过的第一座南半球城市而胜

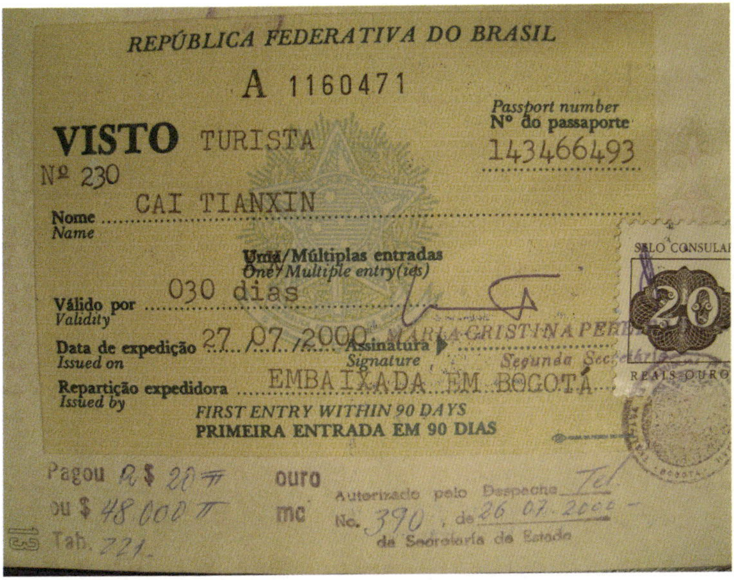

这份巴西签证把我首次带往南半球

出。也可以说，是地理战胜了历史，美貌击败了才艺。

里约热内卢是2014年巴西世界杯足球赛决赛地，也是2016年夏季奥运会举办城市。而我得以造访是在2000年。虽说七月下旬是南半球的隆冬时节，里约热内卢的天气却仍然像初夏一样美好。

那是一个晴朗的早晨，我经圣保罗转机飞抵里约热内卢国际机场，它位于瓜纳巴拉湾西侧。海湾的名字听起来像是热带水果，在飞机缓缓下降时，我俯身从窗户里看见了海湾，浩渺的蓝色水波见不到尽头，可以想象它的深度。难怪五百年前意大利航海家亚美利哥率先来到此地时，误以为这是一条大河的出口，因此命名为“一月的河”。在意大利语里，Rio（里约）意思是“河流”的意思，Janeiro（热内卢）意思是“一月”。

印巴（IMPA 的音译，即巴西纯粹数学和应用数学研究所）的一位青年博士举着牌子在迎宾大厅里等候，他与大部分外国人一样，发不出 Cai 的音，而管我叫 Kai，接近于“楷”字。有的时候，我会自我介绍说 Chai，接近于“茶”，那个音老外也容易念。我来不及欣赏眼前的五彩人流，便被引导到座位上。汽车沿着海滨公路向南行驶，微热的空气从敞开的窗户吹进来，路边栽满了热带植物。

早就听说，葡萄牙语与西班牙语相差无几。果真如此，我发现地图上和道路两旁的那些常用名词，很多与西班牙语里的一样，

里约热内卢的山和海

例如，地图、公园、银行、剧院、艺术、河流、海洋，有些即使不同，也只相差一个元音或辅音，如“花园”在西文里叫 jardin，葡文则为 jardim。

也有一些词汇是从其他拉丁语种演化而来，例如 rua（街道）就与法文中的 rue 接近。最令我感到亲切的是，葡文和西文里都有一个形容词，simpatico，它的含义非常丰富，包括一系列社会特质和个性，如友善、好心、有趣、易于相处，等等。这个词很有用，遗憾的是，英文和中文里没有相应的语汇。

虽说巴西人热情奔放，与理性的数学似乎相去甚远。可印巴却与两位菲尔兹奖得主有瓜葛。第一位是美国人斯梅尔，他是一位爱好旅行、帆船、矿石和正义的传奇人物，20 世纪 60 年代来印巴做博士后时，证明了高维的庞加莱猜想，获得了 1966 年菲尔兹奖。将近半个世纪后，里约土生土长并在印巴取得博士学位的阿维拉也获得了这项荣誉，此乃后话。

20 多分钟以后，我们路过里约港，并在那里告别了瓜纳巴拉湾，进入喧闹的市区。虽说巴西人以懒散著称，但他们开起车来却是飞快，包括长辫子的公共汽车。不久，我们穿越了一长一短两条隧道，来到一个美丽的湖边，长长的湖名开头叫罗德里格斯，让我想起西班牙的古典吉他手。

湖的东面便是著名的科帕卡巴纳街区，我的一位大学同学帮我在离海滩 100 多米远的地方租了一套小公寓。虽然我只停留半个月，却租到了房子，且比住宿旅店经济实惠，又有厨房。里约

旅行者的小憩，于科帕卡巴纳海滩

的各个街区通常以海滩命名，一般来说，沿海滨修筑的第一条街成为观光旅游的地方，与之平行的第二条街为商业街。安顿好行李以后，我迫不及待地循着海浪的声音走向了海滨。

都说里约热内卢拥有天下最美的海滩，当下一见，果然名不虚传，金黄的沙粒，雪白的浪花，和煦的阳光，醉人的暖风，到处可见五彩缤纷的阳伞和游客。里约的沙滩绵延100多公里，在我到过的城市里，唯有南加利福尼亚的圣迭戈可以与之媲美，但圣迭戈却是一个平原。

里约热内卢不仅临海，还有着同样美丽的大小山峰，科帕卡巴纳之所以能在众多的海滩中独享其名，正是因为它的一头连着甜面包山。甜面包山高约400米，由两个分离的山头组成，一个似立起的面包，另一个似平放的面包，由于山的表面光滑，好像抹上了糖浆，故而得名。

大西洋的海浪起伏不定，穿过自行车和滑板车的人流，我赤脚走到沙子里。这是我第一次亲近南大西洋，回望临海的大街，鳞次栉比的大楼整齐地排列着，往高处看，我见到那座举世闻名的驼背山，又称耶稣山。以往在电视里经常看见，那里有飞瀑涌泉，云雾环绕，山顶竖立着耶稣的巨像。

从知名度来说，这座塑像大概仅次于纽约哈得孙河畔的自由女神像，几年前它与长城、泰姬陵等当选“新世界七大奇迹”。南美入选的还有秘鲁的马丘比丘，而自由女神却不幸落选。耶稣像对巴西的道德意义也非常明显，由于地处热带，黑白混血人种占人口总数的比例很高，巴西人的性观念极为开放，可是天体海滩却在六年前被禁，理由是“巴西文化还不习惯公共场合的裸体行为”。

在我离开三年以后，里约热内卢西部的天体海滩重又开放。每当黄昏来临，大西洋大街上来自世界各地的游人云集，沿街的露天酒吧里坐满了顾客，间或有年轻靓丽的女子落座，她们能说几句简单的英文，前面永远放着一杯橙汁或其他软饮料。

这些姑娘在等待各种年龄的埋单者，每当谈话投机的时候，双方便开始接吻，有的甚至热烈地狂吻，引来周围人群一片喝彩。而十有八九，顾客会扔下一张小面值的纸币，扬长而去。而姑娘也会镇定地从提包里取出化妆用具，继续等待下一个上钩的鱼儿，直到有人把她领走。

刊登我的里约游记的《书城》杂志封面

而那只是黄昏的一段插曲，随着夜幕的缓慢降临，各种光怪陆离的喜剧逐一上演，每一位游客都有不同的激情遭遇。如果你有幸来到里约热内卢，却不幸错过狂欢节，那么你至少可以通过科帕卡巴纳海滩找到一点感觉。

从科帕卡巴纳向西，绕过一个与海滩同名的要塞和公园，就到了另一处著名的海滩——伊巴奈玛，虽然没有甜面包山那样的背景，却有着同样质地的沙滩。真正令这个海滩出名的是一首叫《伊巴奈玛的女孩》的歌曲，将近四十年前，这首后来被唱遍世界的歌曲就诞生在伊巴奈玛街区离海滩不远的一家酒吧里。

这首歌词的作者是巴西著名诗人莫拉伊斯，他也是波莎诺娃时代最负盛名的填词圣手。

世上无可比拟的优雅 / 就是她，那个走过来又走开的女孩 / 在通向海滩的马路上，她的步态甜美而多姿 / 那女孩有着金色的身躯，伊巴奈玛的太阳赋予的身躯 / 她婀娜的步态比所有的诗更像诗 / 是我一生中见过的最美的物事。

歌中所唱的那个女孩是个高中生，每天下午放学回家都要从酒吧门前经过，那天里面坐着两个灵感枯竭的中年男子——莫拉伊斯和他的作曲家搭档。他们正为写作一出音乐剧冥思苦想，女孩漫不经心地路过酒吧门口，她的仪表和步态刚好满足巴萨诺瓦[1]懒散、性感的情调，于是就诞生了这首脍炙人口的歌曲。

有一天晚上，我漫步来到那家酒吧，见到歌词的曲谱手稿印在墙壁上，两旁像对联一样垂直挂着名人的照片。我在吧台上遇到一位美国作曲家，他告诉我在里约热内卢的生活经历可以丰富他的音乐家履历。换句话说，他在巴西的滞留就像镀金一样，有助于将来事业的发展和就业机会的增加。

来到巴西，来到里约热内卢，总得踢一场足球，这就如同到了波尔多，总该喝一杯葡萄酒一样。一天黄昏，我在科帕卡巴纳海滩漫步，看到一群十几岁的小孩在玩球，禁不住诱惑，脱掉鞋子加入其中。退潮以后，平坦细软的沙滩有100米宽，跑起步来相当舒服，凉鞋充当起了临时球门。

我年轻时是个自觉挺有潜力的前锋，经常在梦游时突发灵感。30岁那年，我还在一次大学教工联赛中夺得金靴。可是，与这些巴西小孩在一起玩时我很少能得到球，他们比那些在欧洲大牌俱乐部里效力的明星还能运球。对此我又能说什么呢？或许不久的将来，他们中的某一个会像罗纳尔多一样有名（那会儿内马尔还只是圣保罗州一个8岁的小孩）。

一个周末的下午，我坐公共汽车来到城北，那里有一座世界上最大的足球场——马拉卡纳。虽然当天没有比赛，但是来自巴

---

① 巴萨诺瓦（Bossa Nova），起源于二十世纪五六十年代的一种慢板抒情拉美音乐。——编者注

巴西画家波提那利的《踢球的人》

西和世界各地的球迷们仍络绎不绝地前来参观。在那个椭圆形的球场外面有一片空地，刻着巴西历代球星的足印，犹如好莱坞中国剧院前的星光大道，从贝利到罗纳尔多应有尽有。

在“二战”结束后的卢森堡国际足联会议上，巴西人许诺，如果由他们承办世界杯，将在里约热内卢建一座可容纳 20 万人的体育场，从而获准举办 1950 年第四届世界杯，这也是马拉卡纳足球场的来历。同时命名了冠军奖杯为雷米特杯，以纪念那位前国际足联主席、世界杯创始人。遗憾的是，那次东道主虽一路高奏凯歌，阿德米尔独中九球，却在决赛中以 1:2 败给了邻国乌拉圭。

而 2014 年巴西世界杯，巴西队虽有巴萨球星内马尔，却没有资格进入马拉卡纳，他们在巴西利亚的国家体育场举行的半决赛中，以1:7惨败给德国队，颜面丢尽。不仅如此，那场比赛也让非超级球星的德国人克罗泽打进第16球，从而超越绰号“外星人”的巴西人罗纳尔多，成为世界杯历史上进球最多的一个人。

那年巴西人晦气极了，在季军争夺战中又输给了荷兰队，幸亏德国队在马拉卡纳的决赛中以1:0击败梅西领衔的阿根廷队（巴西人的死敌）捧得金杯，小个子格策打进了制胜球。直到两年以后，在里约奥运会上，内马尔率领巴西队夺得男子足球金牌，他们才缓过劲儿来，而那居然是五夺世界杯的足球王国巴西首次荣获奥运冠军。

虽然里约热内卢有众多迷人的风景点，科帕卡巴纳海滩依然是我的最爱。可是，我曾被多次警告，黄昏过后就不能走在临水的沙滩上，尤其是在退潮的时候，否则有遭抢劫的危险。除了桑巴和足球，里约热内卢也以暴力闻名，每年都有逾千市民死于非命，这正是她迟迟才获得奥运会举办权的主要原因。

美和暴力从来都是成双出现的，里约热内卢以载歌载舞的狂欢节著称于世。这项活动始于19世纪中叶，最初，狂欢节的规模不大，仅限于贵族举行的一些室内化装舞会，后来才转到露天，但没有固定的场所。20世纪80年代，里约州政府斥巨资修建了800米长的“桑巴大道”，从此有了专门的表演场所。如今，狂欢节每年都吸引几十万外国游客，带来数亿美元的外汇收入。

遗憾的是，我来得不是时候，狂欢节是在每年二月下旬盛夏时节。不过，在科帕卡巴纳仍然可以看到有人在跳桑巴，我跟在后面认真学习，很快掌握了其中的要领。桑巴舞的基本舞步与中国的秧歌有些接近，当然，舞者的心态和舞姿韵味完全不一样，那需要每个人自己去体验。尤其重要的是，桑巴舞表现了巴西人的无拘无束。

市政府也意识到了非狂欢节期间的商机，打算建一座桑巴城，一年四季都有游行表演，以满足那些不能在狂欢节期间来巴西的游客。听到这则消息，我开始为狂欢节这项里约最精粹的文化遗产感到担忧，我想起那些现代化的家禽饲养场，它们的出现一方面丰富了农贸市场，另一方面也影响了美味佳肴的纯度。

那以后，我又游历了阿根廷的罗萨里奥、摩洛哥的拉巴特和荷兰的鹿特丹。罗萨里奥是革命者切·格瓦拉的出生地，也是巴萨之王梅西的故乡，我去那里却是为了参加拉丁诗歌节。拉巴特是北非旅游胜地摩洛哥的首都，有我众多的诗友，我曾在卡萨布兰卡一篇里提及过。鹿特丹在19世纪曾是世界第一大港，如今却在诗歌圈里享誉盛名。标志性的高塔高达185米，如一根定海神针竖立在港口边，有“欧洲桅杆”的美誉。海滨的小孩堤防风车村（Kinderdijk）被列入世界遗产名录。

最后，我来说说对罗马的印象。假如不曾探访里约热内卢，我一定会选择罗马为心仪的城市。我觉得，罗马不能太年轻的时候去，必须得对世界历史有所了解了再去。正如到开罗看金字塔不宜在凉爽季节，而最好是在夏日炎炎的时候。

虽然罗马到处是断壁残垣，但有一部电影《罗马假日》足以唤起我们青春的激情，女主演奥黛丽·赫本的灿烂笑容，俘获了亿万东方观众的心。那一年她25岁，第一次饰演女主角，便一举夺得奥斯卡最佳女主角奖，那也是她获得的唯一一座奥斯卡小金人。之后她曾四次获得提名，均落选。

S

萨拉热窝：欧洲的耶路撒冷

Sarajevo

入选理由：欧洲的耶路撒冷，三种对立的宗教并存，拥有多座现成的战争纪念碑。我首次抵达的那个初夏，那里依然需要联合国维和部队。

游历时间：2002 年夏天、2017 年秋天。

候选城市：圣安德鲁斯（Saint Andrews）、圣路易斯（Saint Louis）、圣彼得堡（Saint Petersburg）、萨尔茨堡（Salzburg）、圣迭戈（San Diego）、旧金山（San Francisco）、圣马力诺（San Marino）、圣萨尔瓦多（San Salvador）、圣巴巴拉（Santa Barbara）、圣地亚哥（Santiago）、圣保罗（Sao Paulo）、首尔（Seoul）、塞维利亚（Sevilla）、上海、设拉子（Shiraz）、新加坡（Singapore）、斯科普里（Skopje）、索非亚（Sofia）、斯德哥尔摩（Stockholm）、斯特拉斯堡（Strasbourg）、苏伊士（Suez）、苏州、悉尼（Sydney）。

以字母 S 开头的城市不仅众多，且分布极广，我游历过的就遍及六个洲。其中一个原因是“圣”（Saint）这个尊号，它以某种方式与上帝、奥秘、精神力量等既神圣又实在的事物或人相联系，常被用来冠于人名继而地名之前。在世界史上，最早被称为“圣人”的应是周公或孔子，但中国人却一直没有用人名命名城市的习惯。

在西方，以“圣”开头的城市比较常见，我游历过的就有美国的圣弗朗西斯科（旧金山）、圣路易斯、圣迭戈、圣何塞、圣巴巴拉和英国的圣安德鲁斯，俄罗斯的圣彼得堡。不过，“圣”字用得最多的是拉丁人，例如，圣萨尔瓦多、圣地亚哥、圣雷莫（诺贝尔谢世地）、圣保罗。即便前面提到的那几座美国城市，也是西班牙人首先占领并命名的。

至于其他城市，以字母 S 开头的原因就不尽相同了。先来看赤道线穿越的新加坡，在梵文里，singa 的意思是狮子，而 pore 则为城，因此，Singapore 就是狮子之城。这个蕞尔小国是东南亚最发达的资本主义国家，她留给我的好印象包括，机场的候机大厅里栽了许多热带植物，且可以免费拨打本国电话。而最稀奇的则是肉体刑罚——鞭刑，据说是源自英国和英属印度。

再来看伊朗的设拉子，她的郊外有丰产的牧场，而 shir 在古波斯语里的意思是“牛奶”。2500 年前，居鲁士大帝在此建立了波斯帝国，后大流士一世又迁都到 50 公里外的波斯波利斯，成为阿契美尼德王朝的第五座都城，其遗址属于世界文化遗产。可是，设拉子的雅号却是“诗人和玫瑰花的城市”，那才是我造访她的原因。

2002 年，我在萨格勒布坐上一辆国际列车，前往硝烟未尽的波斯尼亚和黑塞哥维那共和国。这个欧洲新国家的面积虽然只有浙江或江苏的一半（人口更不足十分之一），但从北端驶入，穿过塞尔维亚人的控制区，摇摇晃晃地走了七八个小时以后，依然没有到达中部的首都萨拉热窝。

两侧尽是低矮的山谷和溪流，间或可见清真寺的尖塔露出村头，黄色的砖墙被绿色的庄稼和杂乱的树木环绕着。车上旅客稀少，仅有的几位也因为语言问题无法交流。黄昏时分，火车终于抵达了目的地。一个严峻的考验随即降临，那会儿我出门旅行是不通过网络或电话预订旅店的，即便去一个从未抵达且没有熟人的国度。

很快，乘客们便没了踪影，车站广场上只留下一男一女两个中年人，他们都是来拉旅客投宿的，犹如中国南方某些城市的火车站或旅游风景区。当我发现车站上的游客问讯处已经关

萨拉热窝红线，11 541 张空椅是为了纪念内战被围困时遇难的同胞

门以后（有的话恐怕也不讲英文），只好把目光转向他们俩。那男士落落大方，气质上佳，且会说一口流利的英语，因此一开始我就被他吸引。而那女士只会说点德语，其外貌酷似前网球明星格拉芙，只是脸上皱纹要多许多，且说话行事全然没有一点风度。

可是，正当我准备跟那位男士去他的旅店时，“格拉芙”突然从挎包里掏出一个塑料封皮的笔记本。还没等我反应过来，她已经打开那个笔记本，里面歪歪斜斜地写满了各种语言的文字。原来，这是一本旅客登记簿，我翻到最新的一页，居然有头一天登记的一位日本游客。我旋即转身看着那位男士，他耸了耸肩，眨了眨眼睛，一副不以为然的表情。显然，他身上没有那种本子。

在那一瞬间，我做出了选择，决定跟着“格拉芙”走了。出门在外，我首先考虑的第一要素自然是安全了。我跟着“格拉芙”搭乘沿着河岸行驶的唯一的有轨电车，去城西她的家。当我听到车头铃铛的声音，两旁的路灯亮了，感觉世界突然温暖了许多。可不，虽然萨拉热窝海拔有点高，毕竟春天已经到了尽头。

萨拉热窝位于狭窄的特雷贝维奇山谷，中间有一条叫米利亚茨的河流穿过。附近留有新石器时代的文化遗址，中世纪时，哥特人和斯拉夫人先后来此定居，随着15世纪后期土耳其人的侵入，萨拉热窝发展成为贸易商人和穆斯林文化的堡垒。不过，来自亚得里亚海对岸的商人们也在此建立了拉丁区。因此，至今信仰伊斯兰教的居民仍只有一半，不过由于穆斯林文化的鲜明性，他们的建筑、装饰特别引人注目。

19世纪中叶，萨拉热窝曾是奥斯曼帝国的行政中心，这一地位在奥匈帝国占领期仍保持不变，因此也成为波斯尼亚人抵抗运动最为活跃的地方。1914年6月28日，波斯尼亚的塞尔维亚人普林西普刺杀了奥匈帝国皇储弗朗茨·斐迪南及其皇妃，从而引发了第一次世界大战，那是发生在米利亚茨河上的拉丁桥附近的事（此桥也因而被命名为普林西普桥）。战争结束后，波斯尼亚议会宣布加入南斯拉夫联盟，直到1992年，才再次独立出来。

没想到的是，独立不久便爆发了内战。我抵达时，南斯拉夫内战刚结束才两年多，其中最早最久的是克罗地亚战争，最晚最短

点燃第一次世界大战的导火索——萨拉热窝拉丁桥

的是科索沃战争，而最残酷的是波黑战争。波黑（波斯尼亚和黑塞哥维那）400多万人口中，穆斯林占44%，塞尔维亚族占31%，克罗地亚族占17%。穆斯林和克罗地亚族要求举行独立的全民公决，塞尔维亚族坚决反对，后来因为塞族青年的婚礼有人被枪杀而引发内战。结果有约28万人死亡，200多万人沦为难民。

尽管如此，我脑子里首先想到的是一部少年时代反复观看的南斯拉夫电影《瓦尔特保卫萨拉热窝》。这部影片讲的是“二战”即将结束时，德国驻巴尔干半岛部队准备撤退，被游击队拦截的故事。当时贝尔格莱德已被苏联红军攻克，从希腊北部城市萨洛尼卡撤退的德军绕经马其顿和波斯尼亚返回德国，途中必须要得到萨拉热窝油库的供给，瓦尔特领导的游击队没让这个计谋得逞。遗憾的是，这部电影里的镜头并没有对准市容，主演瓦尔特的演

萨拉热窝标志性建筑——艺术与科学院

《被枪杀的王储和王妃》

贝尔格莱德波黑风味的瓦尔特饭店

员也已经于2016年去世。

影片令我印象最深刻的一幕是：一群准备投奔解放区的游击队员被德军拦截，一名游击队员情绪激动地对德军说："我是党卫军少尉，你们犯了严重的错误！"这名游击队员告诉德军，他混在真正的游击队中，准备把这些人诱骗至德军所在地。德军军官表示："你把我们的人员名单列出来，我把游击队员全部逮捕。"当"游击队员"把党卫军名单交给德军时，他这样说道："拿去吧，除了这五个人之外，全是游击队员，你可以枪毙他们！"

"少尉先生，我要做的，恰恰相反！"原来，所谓的"德军"是游击队员假扮的，游击队知道内部出了叛徒，故意将计就计，泄露假情报给敌人，而敌人，果然中计！当假扮德军的游击队员

现成的“战争纪念碑”

说出那句“少尉先生，我要做的，恰恰相反！”时，中国观众心里真是太舒坦了！临了，他还说道：“你们到解放区去吧，你们可以唱着歌走，德国人已经下了命令，任何人也不敢阻拦你们的！”

遗憾的是，由于正处在战后，百废待兴，且战争的内因并未消除，故而仍留有联合国维和部队。大街上几乎见不到一个外国游客，自然也难以找到那部我少年时喜欢看的老电影的纪念物。新落成的假日酒店周围保安林立，这座建筑正对着那座现成的“战争纪念碑”，市区的一座高楼千疮百孔，可口可乐不失时机地在旁边竖起一座红色的巨型广告牌。

说到波黑战争，开始阶段一方是穆斯林和信仰天主教的克罗地亚人，另一方是信仰东正教的塞尔维亚人。前者要求从前南斯拉夫独立，后者则反对独立。因此，才爆发了一场为时近四年的流血冲突。后来穆克双方闹翻，他们之间也打了起来，这场内战被史学家们认定为“二战”结束以后欧洲最大规模的局部战争。

我到达萨拉热窝时，这个国家最著名的人物、前总统卡拉季奇已隐姓埋名。有人说他改头换面行医为生了，原本他就读于萨拉热窝医学院精神病专业。让我意外的是，他还是一位很有成就的诗人，出版过不少诗集和小说。2008年，卡拉季奇在贝尔格莱德被捕，移交海牙军事法庭后，年逾七旬的他于2016年被判处四十年监禁。有意思的是，在长达13年的逃亡生涯中，他一共出版了五部诗集和一部剧本，成就了个人传奇。

与我逗留过的南美洲安第斯山谷中的是非之地——麦德林相比，萨拉热窝要小得多。事实上，麦德林的人口相当于整个波黑共和国的总和。可是，却由于地处欧洲，更由于历史原因，萨拉热窝知名度极高，一点也不逊色于前南首都贝尔格莱德。以至于1984年，萨拉热窝还成功地举办了第14届冬奥会，那是经济欠发达国家举办的第一次冬奥会。直到三十年以后，俄罗斯的索契才得以举办2014年冬奥会。

“格拉芙”住在一套二居室里，家里只有她和穆斯林的母亲两人，客厅里的两张沙发就成为她的出租床。由于语言不通，我无法知道她的职业。我到达那天，那位日本青年还在，可是由于他不讲英语，我们也无法交流，他属于成千上万孤独的日本旅行者之一。第二天一早，这位日本青年已背起行囊出发了，目的地我已经无法记起，不是波德戈里察（如今的黑山共和国首都），就是普里什蒂纳（不久前宣布独立的科索沃共和国的首府）。

日本青年走后，我也没再睡着，而是起身在窗台上观察附近的民居。由于宗教和种族之间的冲突，塞尔维亚人和穆斯林－克族人分居在两侧山坡上。“格拉芙”家附近则没有那么明确，她本人是无神论者，而她的母亲是穆斯林。她家附近既有清真寺，也能听到晨祷的声音。据说在萨拉热窝，汽车站也分成两个，以免引发冲突。

我没有在夜晚外出，而是在白天参观了那座著名的石桥——普林西普桥，并去了老城区巴什察尔希亚，那里有一个鸽子广场，广场上有一座奥斯曼帝国时期遗留下来的木质喷泉。我还走进了附近一座建于 16 世纪的大清真寺，发现地上跪拜着无数穿着讲究的男男女女。他们用怀疑的眼神看着我这个异乡人，用目光把我驱赶到大厅之外。

萨拉热窝之旅不仅让我重温了少年时代的一个旧梦，也了解了欧洲的另一面。在堪称欧洲文明发祥地的巴尔干半岛，如今不仅经济落后，而且动荡、内乱不止，分裂出越来越多的小国家。在土耳其语里，“巴尔干”的本义是“山脉”，同时它又三面环海，一面靠着两条大河——多瑙河和萨瓦河。可以说，这是一片被蓝色包围的黄土地，等待着再次崛起的时机到来。

时光流逝，2014年岁末，在我初次访问十二年之后，萨拉热窝的文学出版社出版了我的波黑语版诗集《回想之翼》，由定居在莫斯科、数度到访中国的克罗地亚作家扎寇从英文转译，封面上印着黑白的西湖船照。在此以前，一部分诗作连同两篇随笔已经刊发在当地的一家文学杂志上，之后我又应邀参加了2017年萨拉热窝诗歌节，那无疑又大大加深了我对这座城市的印象。至此，我与萨拉热窝终于有了某种亲密的联系，这种联系不会随着岁月的流逝轻易消失。

萨拉热窝诗歌节创办于1962年，在欧洲仅比邻国马其顿诗歌节晚一年。主要朗诵地点设在波斯尼亚学院，由一座建于1480年的土耳其浴室改建而成，有两个穹顶，外表朴实，内部装饰华丽。用波黑语朗诵我诗歌的是萨拉热窝大学文学院教授内那德·塔诺维奇，他是2000年奥斯卡最佳外语片《无人的土地》的导演丹尼斯·塔诺维奇的堂兄，这部电影讲述的正是波黑战争。几乎每天晚上朗诵结束以后，我们都会在诗歌节指定的酒吧与当地诗友和志愿者们欢聚。

欧洲名城里，我到过的以S字母开头的还有不少。斯德哥尔摩是诺贝尔奖的颁发地和英格丽·褒曼的出生地；萨尔茨堡是音乐之都和莫扎特的故乡；塞维利亚是地理大发现的策源地和弗拉门戈舞的诞生地，我抵达那年刚巧是塞维利亚大学建校五百周年；

圣安德鲁斯是高尔夫的故乡，拥有苏格兰最古老的大学，我在那里参加过诗歌节；圣马力诺是历史最悠久的共和国首都；斯特拉斯堡是如今的欧洲议会所在地。此外，我还造访过巴尔干半岛两座容易被人忽视的首都——斯科普里和索非亚。亚非也各有一座，首尔的夜生活趋于巴黎，只是她与连接地中海和红海的苏伊士一样，存在着某种变数。

一连串令人眼花缭乱的城市名字，我曾分别在十多个不同的年份造访过这些地方，其中有六座值得大书特书，包括旧金山、西雅图、圣路易斯、悉尼、上海。尽管我去旧金山的次数最多，新近在那儿又出版了我的英文版诗集，但因为有了纽约的先入为主，因此她在我心里也略显逊色。悉尼原本可以作为大洋洲的代表，然而她却美丽得没有缺憾。

T

托莱多：
小巧玲珑的西班牙古都
Toledo

入选理由： 古罗马时期的西班牙首都，曾数度被异族统治。中世纪后期的翻译时代学者云集，画家厄尔·格列柯在此度过余生，也是最适合一日游的欧洲城市之一。

游历时间： 2005 年秋天。

候选城市： 台北、塔林（Tallinn）、丹吉尔（Tanger）、第比利斯（Tbilisi）、德黑兰（Tehran）、特拉维夫-雅法（Tel Aviv-Yafo）、蒂尔顿（Tilton）、地拉那（Tirana）、东京（Tokyo）、多伦多（Toronto）、突尼斯（Tunis）。

在我游历过的城市中，以字母 T 开头的虽不算很多，却都令我倾心。地中海南岸的突尼斯城是古代迦太基人的居住地，也是世界上最早的移民城市之一。“迦太基”一词在腓尼基语的原意就是“新城”。三次“布匿战争”以失败告终后，迦太基成为罗马皇帝们特别喜欢的一座城市。保存下来的废墟十分可观，连同周边地区组成了今日突尼斯城的一个区。在乘船游历了摩洛哥的丹吉尔（堪称非洲最欧化的城市）以后，我从地中海的岛国马耳他飞抵了突尼斯城，印证了现代数学的分支——变分法起源的典故。幸运的是，还留下一幅摄影作品《娇小的妇人》。

在地中海东岸，有双城合并而成的新城特拉维夫－雅法。雅法是拥有四千多年历史的港口，2009年，特拉维夫建城一百周年之际，我应邀参加了特拉维夫－雅法诗歌节。虽说这座城市的居民主要是犹太人，阿拉伯人仅占百分之四，但组委会还是带我们去阿拉伯餐厅，去看死海、约旦河和戈兰高地，从那里可以清晰地看见以巴隔离墙。我们还得以游览圣城耶路撒冷和耶稣的故乡拿撒勒，在那里与巴勒斯坦诗人交流。在特拉维夫，我看见清晨的海滨有成双成对的男子散步或交谈，猜测他们在洽谈生意。而以包豪斯风格建造的白城，已入选世界文化遗产。

在地中海北面的巴尔干半岛，有一个曾被称作“欧洲社会主义明灯”的国家阿尔巴尼亚，它的首都地拉那也以T字母开头。20世纪90年代以来，绿色成了它的主色调。破旧而坚实的碉堡，简陋而愉悦的婚礼，还有可以相互望穿的火车车厢，都留存在我的脑海里。而在亚洲西部的伊朗高原，屹立着另一座信奉伊斯兰教的都城——德黑兰，在那里庄严的黑色统治了一切，包括女人的身体和面容，椰枣、石油，甚至阿巴斯的电影作品。据说，正是来自德黑兰的征服者苏莱曼，将阿尔巴尼亚的首都命名为地拉那。

从德黑兰向西北，翻越小高加索山脉，可以抵达一个叫格鲁吉亚的国度，其首都第比利斯近年来曝光率颇高，部分原因是因为一位年轻有为的总统。他不仅娶了一位荷兰姑娘，更是采取了抗拒俄罗斯的姿态和政策。而为我安排住处的那位同胞开设的中餐馆，正是这位总统先生和夫人的最爱，墙上的合影便是明证。记得那次我从巴库出发，火车沿着半圆形的轨道行进，清晨时分抵达第比利斯，在站台上遥望另一个站台，拍摄了一幅作品《高加索的火车》，一位老爷爷抱着孙子坐在木质窗边的晨曦中。

再往北偏西，还有与格鲁吉亚一样从苏联独立出来的小国爱沙尼亚，其位于波罗的海之滨的首都塔林因景色宜人成为欧洲新兴的旅游城市，尤为对岸的北欧人喜爱。而越过大西洋，在五大湖之一的安大略湖边，坐落着加拿大第一大城市和经济首都——多伦多。市中心中国城里的中餐馆鳞次栉比，却似乎少了一些与之相距不远的蒙特利尔的情调。而在湖东岸，隔着纽约和佛蒙特，有一座比托莱多还安静的新罕布尔小镇蒂尔顿，我曾与那里的中学生有过亲密交流。

现在，让我把目标转向东方，两座富足的岛屿的首要城市——台北和东京。在地理上，台北和我的故乡台州一衣带水，不仅名字相近，飞行距离也只需半小时。岛上多数人会说普通话，这一点让我感到亲切。二十年前，曾经的世界第一高楼——台北101大楼尚没有影子，而涌来退去的摩托车和五彩缤纷的墓群令人过目难忘。

在与中国台湾相隔不远、关系极为密切的日本，时尚之都东京在夜晚散发出来的气息和味道，与西方大都市十分接近。东京也是我抵达的第一座日本城市，那次是从旧金山出发的一次空中飞行的停靠站，由于把手表忘在前座的椅兜里，我的日本友人送了一只旧表，当我再次搭乘飞机回国，从失物招领处领回来了遗失的那只。也就是说，我左右手各戴一只手表飞回了上海。多年以后，我担任世界俳句比赛的评委返回东京，故人却消失不见。

最后，我选择的是地中海西侧的小城托莱多。她位于西班牙中部，人口仅五万余人。大约在公元前两百年，托莱多即被罗马人征服，直到七百多年后哥特人入侵，仍为王室驻地。在被摩尔人统治三百年以后，终于被阿方索六世收复，成为卡斯蒂利亚王国的政治中心。12世纪，托莱多又成为中心城市，大量失传的希腊名著在这里由阿拉伯语译成拉丁语。其中最富成效的要数意大利人吉拉德（Gerard of Cremona），他译出了包括托勒密的《天文学大成》、阿基米德的《圆的度量》等九十多部著作。

我抵达托莱多时，西班牙人迁都马德里已近四个半世纪。那时我在首都马德里的康普斯顿大学访问。这是西班牙规模最大、学科最齐全的大学，有十三万学生（在世界范围内也可列第三）。康大于1499年正式建校，源头可以追溯到1293年。访问期间，遇上我们的国庆长假，我也给自己放了假，坐巴士来到托莱多。

托莱多位于马德里西南约70公里处。每天早晨六点到晚上十点，这两座城市之间互发六十多辆客车，几乎每半小时一对，而且是那种八十多座的超长客车。与此同时，还有数量虽少，载客量更大的直达火车以及不计其数的私人汽车穿梭其间。由于城市小巧，所有风景点均在步行范围内，加上离开马德里的车程不到一小时，托莱多与巴黎郊外的凡尔赛、柏林郊外的波茨坦、伦敦郊外的剑桥或牛津一样，成为最适合一日游的欧洲城市之一。

也正因为如此，一旦到了黄昏时分，尤其是华灯初上以后，托莱多老城区的市中心佐可多佛广场就成了本地人的天下。特别是在周末，这里俨然成为少男少女们幽会的场所。抵达的那个秋日傍晚，在广场的一处露天咖啡座上，我见到了下面一幕景象：三个豆蔻年华的少女（可能是某中学的学生）从临街的麦当劳各要了一杯可口可乐，坐在户外的一张小方桌旁，一边聊天，一边用手机发送短信，或互拍照片取乐。不一会儿，来了一个笨头笨脑的男孩，似乎是其中一个发育较早的女孩的男友，在她用鼻腔发出某种信息以后，男孩顺从地从另外两个女孩之间伸过脑袋。两个人做了十分夸张的亲嘴动作，那声音像鱼儿在溪流中逆水行进，跃过一道小瀑布时发出的，引得四周的人侧目观看。在得意之余，那女孩又多次向男孩提出同样的要求，且一次比一次显得温柔，直到她的两个同伴看得厌烦为止。于是，傻男孩悻悻然地撤退，找自己的同性伙伴玩去了。

可以设想，假如当时那个男孩坐下来，四个人根本无法在一起交谈。在他们这个年龄，肢体语言是比较容易的，与电脑和手机里的游戏没有什么两样。交谈就不一样了，尤其是坐下来交谈，那是需要一些人生阅历和人文修养的。也正因为如此，这个男孩才知趣地走开了，女孩们也没有挽留他的意思。有趣的是，另一个黄昏，在同一张桌子旁，我看见三个满脸皱纹的老太太在为一件小事争得面红耳赤，她们看起来都有 80 多岁了，却如此较真，实属罕见，这一幕被我用镜头记录下来了。

历史上，托莱多曾数度被异族占领和统治，不同的民族和文化为托莱多留下了弥足珍贵的艺术和历史遗产，也使托莱多成为民族融合的缩影。犹如耶路撒冷一样，基督教、犹太教与伊斯兰教在此并存共容，托莱多成为三种文化之都。我对 14 世纪的圣多美教堂仍有记忆，内墙上有 16 世纪大画家厄尔·格列柯的名作《奥尔加斯伯爵的葬礼》，原来是为了纪念一位已死去两百多年的神父，画家却让同代人包括自己的儿子出现在葬礼中，令人费解也令人印象深刻。

格列柯出生于希腊克里特岛，他还画过一幅画《托莱多的风景》，画的下方有一条绿树环绕的河流，围绕着依山修建的城市。大教堂的塔尖无疑是城市的标志，那条河叫塔霍河，它自西向东横穿了大半个西班牙和整个葡萄牙，并在里斯本注入大西洋。如今，教堂的塔尖依然高耸，只不过民居比从前更为密集，且有相当一部分市民已迁出老城，在城北平坦的土地上建起三个小区。与高耸的教堂相对的是古城堡，3 世纪的罗马人曾用它做宫殿，后由西班牙国王查理一世修复。1521 年，查理一世在此接见了征服墨西哥的探险家科尔特斯。

这幅画里见不到一个人影，背景里乌云密布，却透露出几束光芒，似乎与下方的河流、树木一样，呈现出某种流动的状态。这使得观者不易生厌，如同三个世纪以后荷兰画家凡·高所绘的星空一样。可是，我看到的托莱多却每天阳光灿烂，游人如织，博物馆之密集让人应接不暇。令格列柯始料未及的是，如今的托莱多已成为一座驰名西方的旅游城市，在有着“旅游王国”之誉的西班牙，其客流量仅次于巴塞罗那、马德里和塞维利亚。

哥伦比亚作家加西亚·马尔克斯认为，写作最理想的环境是，白天在一个荒岛，夜晚在一座大城市。而我倒觉得，像托莱多这样一个白天热闹非凡、夜晚异常幽静的小城，更适合写作和阅读。正好除了换洗的衣服以外，我随身还带着几本诗集、几篇数学论文和一个笔记本电脑，于是，我决定在托莱多暂时安顿下来。没有了网络和聊天软件的侵扰，从第二个夜晚开始，我便进入了一种宁静的状态。

我抵达托莱多的第二天是星期六，那天和星期天一样，许多

圣克鲁斯博物馆

博物馆免费开放，其中包括画家格列柯的故居和美术馆。这笔钱省下来足够租房了。远远地我看见塔霍河，它的河岸可不一般，而是数十米高的峭壁。显而易见，古时候的托莱多是一座易守难攻的城市。说实话，像托莱多这样依山傍河的城市并不多见，无论是中国还是外国，即使是在《水浒传》那样的小说里，也只有几座山寨可以媲美。在一家商铺门口，我还与塞万提斯笔下的人物堂吉诃德塑像合了个影。

格列柯被认为是西班牙历史上第一个伟大的画家，在他之后许多年才有了土生土长的委拉斯凯兹[①]和戈雅[②]，这三位及20世纪“西班牙三杰”——毕加索、米罗、达利——已成为世界艺术史上不可或缺的人物。从十几年前的纽约大都会艺术博物馆，到几天前刚刚参观过的马德里普拉多艺术馆，我见过格列柯的不少原作，并写过一篇谈论格列柯艺术的文章《归来的大师》，他以奇异颀长的人物和明亮偏冷的不和谐色彩营造出一种超自然的幻境，成为前所未有的富有感情的艺术家。

这回来到托莱多，我特别留意的是画家格列柯的葬身之地，这一点西方游客不大关心。尽管如此，我很快打听到画家遗体的存放地，那是在城西的圣多明各修道院，从大教堂出发步行几分钟就走到了。当我找到那里，只见到三五位游客，门票仅1.5欧元。这是任何日子都不免票的私立单位，一个白人嬷嬷负责收票，另外一个稍年轻的黑人嬷嬷做向导。她先带我参观了木质部分，四百多年过去了，它依然完好无损。另一头是石头砌的，同样布置得富丽堂皇，正厅悬挂着格列柯的多幅油画，包括《基督的再生》。

在一处玻璃柜台下面，我看见了画家本人当年与修道院签订的合同，上面有格列柯和院长的亲笔签名，原来画家是被雇用的。我不禁感叹，这类合同制度出现在四个多世纪前，可谓是远远地走在时代前列了。在检录处所在的中央大厅的一个幽暗角落里，

---

① 委拉斯凯兹（Velazquez），17世纪巴洛克时期西班牙画家。——编者注

② 戈雅（Goya），18世纪至19世纪浪漫主义时期西班牙画家。——编者注

还有一块同样幽暗的玻璃，镶嵌在木质地板中间，在玻璃与木地板之间有一条明显的缝隙。那块玻璃呈边长一米左右的正方形，如果嬷嬷不打开电灯，是不大容易被人察觉的。

很快我便发现，也只有知情的游客问起格列柯的灵柩时，嬷嬷才会这么做，一般游人只是来看看修道院墙壁上的油画和天花板上的装饰。日复一日，格列柯的艺术作品和他的传奇人生，加上古罗马时期的西班牙首都这项头衔吸引了数以万计来自世界各国的旅人前来托莱多朝拜，以至于在每一条小巷、每一家商铺里，你都能遇见兴致勃勃的游客。

出乎我的意料，灯光是从地下照上来的，原来那块玻璃下面是一个地窖，我走过去看，大约有两米深。弯腰侧身才发现，一具棺木放在石墩上，那正是安置画家遗体的灵柩。周围空荡荡的，像是一处牧师的住宅。我不知道它是在那里躺了四百多年了，还是后来从别处迁来的。反正这种方式我第一次见到，即使巴黎荣军院的拿破仑灵柩也没这么神秘。

突然间，隔壁大厅里传来了修女们的歌声，祈祷的时刻来临，那歌声悠远、飘逸，似乎是从极乐世界传来的。我突然想到，死后能葬在修道院里是多么幸福呀！虽然返回马德里以后，我曾听一位数学同行说起那具棺木是空的，格列柯的遗体早已不翼而飞，但既然嬷嬷告诉我它就在里面，我还是坚信不疑，至少它曾经在里面吧。让人痴迷的不仅是雅致的教堂和广场，还有那些狭窄、崎岖的街道，以及傍晚的钟声。

托莱多全景，与四百年前一样，仅有两个高点：左城堡、右主教堂

有一天晚上，我去郊外看了一场免费的摇滚乐演唱会之后，来到小巷深处的一家酒吧。我遇见一位爱尔兰人，他独自坐在吧台上喝黑啤酒，手边还有一本厚厚的英文书，原来是美国作家戈尔·维达尔的随笔集。我告诉他去年秋天曾与维达尔在柏林文学节交谈，随后还从口袋里掏出数码相机，翻到我与维达尔的合影，于是我们的距离迅速拉近。他告诉我，他是在托莱多的报亭里买到这本书的，由此可见维达尔的影响力。

记得维达尔跟我聊起过孔子，他认为孔子是中国的耶稣。的确，没有人像他们两个，有那么多语录流传于人世间。维达尔认为，自行车的发明让世界人口迅猛增加。因为从那以后，乡村男孩寻找配偶的范围扩大了好几倍。遗憾的是，豪门出身、桀骜不驯、在美国家喻户晓的维达尔已于2012年过世，享年87岁，他留下了25部小说、6部戏剧与无数的随笔和教诲。

值得一提的是，等到那个周末结束，我又乘车返回了马德里。可是，待到下一个周末，我被一股神奇的力量鼓动着，又一次回到了托莱多。小旅店的老板遵守诺言，为我保留了住过的小房间，10欧元一晚，那在马德里是绝对不可能的。而且，我找到了一家价廉物美的中国餐馆，厨师会烧风味道地的尖椒牛柳。就这样，我在这座不起眼的小城度过了五个夜晚，而她也成为我心仪的26座城市里人口和面积最小的一个。

U

乌兰巴托：游牧民族的诗意栖居地

Ulan Bator

入选理由： 游牧人归隐于此，成吉思汗后裔在此聚集，连接欧亚大陆的空中航线必经此地。当各国诗人到来，酷爱文学的总统亲自设宴款待。

游历时间： 2006 年夏天。

候选城市： 乌鲁木齐（Urumqi）、乌得勒支（Utrecht）、乌维拉（Uvira）。

要说最著名的以字母 U 开头的国家，那无疑是美利坚合众国。此外，还有欧洲的乌克兰、中东的阿联酋、中亚的乌兹别克、非洲的乌干达和南美洲的乌拉圭。相比之下，以字母 U 开头的城市知名度低得多，有些我未曾游历。这其中，印度七大圣城之一的乌贾因是最令我向往的地方，北回归线穿越这座城市的北郊，那里有东方最古老的天文台，印度数学史上最负盛名的两个人物——婆罗摩笈多和婆什迦罗的学术生涯就是在这家天文台度过的。

在德国南方，多瑙河畔有一座叫乌尔姆（Ulm）的小城，此城不仅是物理学家爱因斯坦的诞生地，同时也是数学家兼哲学家笛卡尔获得神启的地方。当年，笛卡尔为了看世界而加入荷兰军队，1619 年初冬，23 岁的他随军驻扎在乌尔姆。一天晚上，笛卡尔产生了一系列的幻想。归纳起来，可以理解为揭示人生使命的一种启示，即他的著作应该根据几何学原理将所有的知识统一起来。在这之后，笛卡尔才决心变卖掉他已故父亲留下的家产，以便集中精力做自己想做的事。

言归正传，现在我要谈谈蒙古首都乌兰巴托了。过去二十多年里，我曾数十次往返欧亚大陆两端，除了有三次分别乘坐阿联酋和土耳其航空公司班机，在迪拜和伊斯坦布尔转机，因而航线比较偏南以外，其余全经由蒙古和西伯利亚。可以说无论哪个月份都走过，印象最深的是有一回隆冬时节。在飞过华北平原和蒙古草原以后，大地上的皑皑白雪突然消失不见。原来，除了西北部的湖区盆地以外，蒙古全境属大陆性气候，冬季寒冷，日照充足，干旱的土地上几乎无雪。

假如没有成吉思汗，蒙古国是否存在当然值得怀疑，亚洲的历史必然是要重新书写，甚至东西方之间的碰撞与互相了解也会推迟很多个世纪。12 世纪末，蒙古人几乎是在完全默默无闻的状态下，突然闯入了世界历史，他们占领过的地域之广至今无人可以与之相比。其实，在成吉思汗以前，蒙古人便以骑术和骁勇善战著称，他们突袭中国北部城市的事件时有发生，给历代各朝的皇帝和政权带来困惑与危机，只不过那时蒙古人把主要精力放在内部的倾轧上。

成吉思汗拥有超群的军事、外交和组织才能，以及冷酷的个性，被推举为“普天之下的皇帝”，开始了一次次远征。虽然他和他的后代曾经占有的疆域可能是历史上最为广阔的，蒙古人却始终是一个游牧民族，当他病死于宁夏六盘山时，在今天乌兰巴托西南300多公里处，帝国的首都喀喇和林还只是一座荒野小镇。2006年夏末时分，我终于获得机会，只身前往那个神秘的国度。

那次我是去乌兰巴托参加世界诗人大会，这项颇有历史的诗人聚会并没有严格的筛选标准，只要报名，并交纳会务费和膳食费，都可以获得邀请。不仅如此，在我得知活动得到蒙古政府支持后，便明确告诉主办方我不会交纳任何会务或生活费用时，仍然收到了邀请函。出于对成吉思汗的崇敬之心，同时蒙古国又不需签证，我决定接受此次邀请。接下来我要选择的是，从陆路走还是坐飞机，毕竟，搭乘跨越西伯利亚的国际列车曾经是我少年时代的梦想。

很快我了解到，从北京发往乌兰巴托的列车每天两趟，分别经由呼和浩特和海拉尔，后者必须要穿越东北三省。遗憾的是，

成吉思汗广场及周边景色

身处外省的我无法订购国际列车的车票，加上临近秋季开学，只得放弃陆路改乘飞机。在首都机场候机大厅里，我巧遇了新加坡诗人埃德温，三年前我们曾在非洲诗歌节上同台演出。老埃德温有着新加坡学院派诗人教父的美誉，他的父亲来自印度，母亲则是中国人。见到我以后，未等我开口，他赶紧先做解释，参加这个诗会主要是想去蒙古游玩。

两个小时以后，我们已降落在乌兰巴托机场唯一的一条跑道上，组委会派来一辆小车把我们接到市中心的一家旅店。第二天开幕式安排在市中心苏赫巴托尔广场的国家大剧院里头，现任总统那木巴尔·恩赫巴亚尔坐在主席台上。开始我还以为只是露露脸装个样子，没想到总统先生坐了整整一个上午，讲完话之后，还耐心倾听每位诗人的发言和朗诵。

意外的惊喜还在后头，当天黄昏，诗人们被邀请到郊野一座古色古香的国宾馆，那也是总统夏宫。门口迎接我们的是清一色戴高帽的美丽侍女，我们享用了一餐豪华舒心的晚宴。夕阳西下，恩赫巴亚尔总统与各国诗人们在露台上用英文交谈，合影留念。那会儿我才得知，恩赫巴亚尔自幼酷爱文学，早年求学于莫斯科高尔基文学院，后留学英伦，在当选总统前曾先后担任蒙古作协外联部主任和文化部部长，他是英国小说家查尔斯·狄更斯的蒙文译者。

那年恰逢蒙古帝国诞辰八百周年，此次诗人大会被纳入庆典系列。也正因为这个原因，才会有如此高规格的接待。每天都有

做客总统府邸，与总统合影

总统身边的高帽侍女

丰盛的宴会，除了朗诵、座谈这些例行的活动以外，诗人们还被邀请参观博物馆、展览会，出席文艺晚会，包括国家歌舞团和杂技团的演出。在蒙古包度假村，诗人们在圆顶帐篷里一边品尝正宗的烤羊肉，一边吟诵诗歌。遗憾的是，由于开学在即我提前返回，错过了鄂尔浑峡谷文化之旅，那是帝国古都喀喇和林的遗址。我还错失了一次小型的那达慕体育盛会，没能目睹摔跤、赛马、长调等表演。

在乌兰巴托的三天里，我记忆最为深刻的是早晨的淡雾。由于地处高纬度，我们提前闻到了秋天的气息。窄小的图拉河缓缓流过市区，浅浅的溪水清澈见底。乌兰巴托海拔 1350 米，即使是在北回归线一带也应该气候凉爽了。不过，相比全国的平均海拔，乌兰巴托仍然要低 200 多米，这大概是在此建都的原因吧。这里原先是蒙古王公季节性迁移的暂居地，蒙古人信仰藏传佛教，17

世纪达阔尔庙建成以后，活佛迁居此城。

值得一提的是，早在意大利人马可·波罗之前，就有两位天主教修士从欧洲来到东方。第一位修士柏朗·嘉宾是受教皇派遣，从法国里昂出发，穿越俄罗斯来到喀喇和林，正是他首次使用 Cathay（神州）一词，这也是如今香港最大航空公司的名字。另一位修士鲁布鲁克从君士坦丁堡出发，渡过黑海，经南俄罗斯草原和中亚进入蒙古高原，他在喀喇和林逗留了半年多，《鲁布鲁克游记》里首次出现了 Mense（蛮子），那是当时北方人对南宋的蔑称。与西方早期派往中国的传教士一样，这些修士的目的也是传教，但基本上都是无功而返。

我忽然想到，假如成吉思汗的孙子——忽必烈（正是他赐予马可·波罗以黄金通行证）不曾下令迁都大都（北京），中国的史学家们如何面对这段历史呢，很可能一筹莫展，只能把蒙古人的占领看成是纯粹的外敌入侵。那样的话，元朝就是一个殖民地的时代，而明太祖朱元璋也就成民族英雄了。1368 年，元顺帝被逐出北京，返回喀喇和林。僧人出身的朱元璋并没有就此罢休，二十年以后，他派兵夷平了喀喇和林，那次战役仅俘虏就达七万多人。

在遭遇了毁灭性打击以后，蒙古人再也没有缓过劲来，他们默默地建立起了乌兰巴托，就如同俄罗斯人从基辅撤到了莫斯科。20 世纪中叶，蒙古人在苏联考古学家的帮助下，重又发现了窝阔台（元太宗）王宫的遗迹。我相信，随着蒙古国即将对中国游人开放，以上提到的几个地点都会成为游客的必到之处。遗憾的是，尽管学者们做了种种猜测，窝阔台那神奇的父亲——成吉思汗的葬身之地仍是一个谜。

追溯“蒙古”一词的含义，日本学者认为它由蒙文里“银”或“永恒”演变而来，而中国学者则考证它的意思是“我们的火”，因为是游牧民族，每至一地，大家共同煮饮。至于乌兰巴托，她的原名是库伦，蒙文的意思是“城圈”，指周围遍置栅栏。自从成吉思汗建立元朝，直到清末，蒙古与中国是合而为一的。后来由于俄国和苏联的介入，外蒙古于1911年取得自治，有了皇帝。1924年，人民党推翻君主制，成立蒙古人民共和国，定都库伦，改名乌兰巴托，意为“红色英雄”。也是在苏联胁迫下，民国政府于1946年予以承认。

蒙古人多信仰藏传佛教，即喇嘛教。蒙古有两大活佛，即蒙古人民共和国的哲布尊丹巴呼图克图和内蒙古的章嘉呼图克图，其中呼图克图意为圣人。活佛制度形成于17世纪初，至今哲布尊丹巴已有九世，我们到乌兰巴托时，九世仍追随达赖在印度的达兰萨拉。四年以后，他终于回国入籍，被蒙古政府认可，在乌兰巴托甘登寺举行坐床仪式。该寺是蒙古最大的喇嘛寺，有高27米的“神勇无畏菩萨”站像，可惜那次我无缘见到。章嘉原称张家，至今共有七世，母寺在青海省海东市的佑宁寺。只是我不知道，河北张家口与章嘉有无关联。

在我游历过的以字母U开头的城市里，有新疆首府乌鲁木齐。那次我是要去中亚塔吉克斯坦首都杜尚别，必须要在乌鲁木齐转

建成于 1908 年的兴仁寺，现名乔伊金喇嘛博物馆

机，于是我来回经过乌鲁木齐，共逗留了三天。我在新疆大学、新疆师范大学和班的书店各做了一次讲座，还去了石河子大学和慕名已久的天山天池，并将其与三十年前见到过的长白山天池做了比较，后者因为是三江源头、与邻国共同占有而更富神秘感。

我在飞机上见到了天山山脉、塔里木盆地、塔克拉玛干沙漠和帕米尔高原，后者山巅虽终年积雪，但雪山之间的河床却是干涸的。承蒙书店主人送至天池山脚，我搭乘旅游车上山，恰遇降雪。我在森林里漫步，看见小树枝落在雪地里，美丽犹如分形图画。

除了乌鲁木齐，我还到过乌得勒支、乌维拉、乌苏里斯克和乌普萨拉，后面两座城市只是途经。乌苏里斯克位于外东北，原名双城子，曾是中国领土，1860 年“让与俄方”。此城是铁路枢

秋天举行的国际美食节

纽，连通符拉迪沃斯托克（原名海参崴）、伯力与绥芬河。2001 年，我游历符拉迪沃斯托克途中两次车停乌苏里斯克。而乌普萨拉是瑞典第四大城市，也是一座文化名城，1477 年建校的乌普萨拉大学是斯堪的纳维亚半岛最早的大学。乌市离斯德哥尔摩仅 70 公里，也是首都机场所在地，我因此也曾数次抵达。

乌维拉则位于中非的刚果民主共和国东部边境，是南基伍省第二大城市（基伍湖以美丽著称）。刚果是非洲第二大的国家（仅次于阿尔及利亚），也是以法语为官方语言的人口最多的国家。2012 年秋天我在东非漫游时，有一天曾从布隆迪首都布琼布拉出发，搭乘一辆招手即停的中巴，沿世界第二深湖坦噶尼喀湖（仅次于贝加尔湖）北岸，抵达西北端的乌维拉。那是一个晴朗的下午，记忆里街头有许多兜售廉价手机的商贩，湖边细软的沙滩上垃圾成堆，妇人赤脚走到很远的水域取水。返程巧遇联合国维和部队的中国车队，我跳上一辆吉普车，过海关时无人上来查验护照。

最后，我想说说荷兰名城乌得勒支，在我心目中她甚至可以取代乌兰巴托。乌得勒支大学曾培养出 12 位诺贝尔奖得主，包括第一位物理学奖得主、X 射线发现者德国人伦琴，第一位化学奖得主范托夫。前者是地道的德国人，在乌大取得学士学位；后者出生于鹿特丹，年轻时喜欢诗歌和哲学，膜拜英国诗人拜伦，22 岁那年，他在乌大取得物理学博士学位。法国人笛卡尔曾执教乌大，市内保留有他的故居，汇集最优秀学生的学院也以他的名字命名。

我对乌得勒支四通八达的水路印象深刻，原本 Utrecht 的拉丁文含义是古老的渡口。莱茵河流经城南，罗马人于公元 47 年在河畔修筑要塞，此乃乌得勒支的起源。如今，通往阿姆斯特丹的运河大型驳船高速运行，老城内比马路低几米的临水饭店或咖啡馆鳞次栉比，甚至监狱也三面环水。

V

瓦拉纳西：不可冒犯的印度圣城

Varanasi

入选理由：印度人的圣城，恒河之水穿过她的颈项，浸润了一代代男女老幼的肌肤。佛祖在鹿野苑的菩提树下彻悟，引来了六比丘和僧团。

游历时间：1997 年夏天。

候选城市：瓦杜兹（Vaduz）、瓦莱塔（Valletta）、瓦尔帕莱索（Valparaiso）、温哥华（Vancouver）、瓦尔纳（Varna）、梵蒂冈（Vaticano）、威尼斯（Venice）、沃韦（Vevey）、万象（Vientiane）、比亚维森西奥（Villavicencio）、维尔纽斯（Vilnius）、符拉迪沃斯托克（Vladivostok）。

以字母 V 开头的城市大多小巧玲珑，即便贵为首都也是如此。例如，列支敦士登首都瓦杜兹、马耳他首都瓦莱塔、老挝首都万象、立陶宛首都维尔纽斯，更不要说教皇的教廷所在地——梵蒂冈。这五座首都里，除了梵蒂冈终日为游人所环绕以外，其余均为安详之地，即使在莱茵河、湄公河流经之处，或地中海的波涛拍打的岸边也鲜有人至，瓦杜兹甚至与梵蒂冈一样不设海关。究其原因，那是因为这些国家和首都地理位置十分偏僻。

梵蒂冈位于交通便利的罗马，是必须要去的地方，且值得反复造访，那里有彼此毗邻的两幅杰作——米开朗琪罗的《西斯廷天顶画》和拉斐尔的《雅典学派》。维尔纽斯是波兰诗人米沃什的故乡，他在这里念了中学和大学，并出版了第一本诗集。我曾有幸两次到访，其中一次目睹了一位美人在立陶宛诗歌节赤裸上身朗诵并任人拍摄。晚年的米沃什称赞维尔纽斯是一座奇妙的城市："巴洛克建筑移植到北方的森林里，历史写在每一块石头上，犹太人称它为北方的耶路撒冷。"

七座非首都城市里，除了哥伦比亚的比亚维森西奥和瑞士的沃韦以外，黑海之滨的瓦尔纳，亚得里亚海之滨的威尼斯、日本海之滨的符拉迪沃斯托克，北或南太平洋岸边的温哥华和瓦尔帕莱索，均是依水而建的。比亚维森西奥位于亚马孙河热带雨林的起点，离开赤道线比较近，新千年之初，那里的共和银行邀请我去举办朗诵会，那是我有生以来第一个个人朗诵会。瓦尔帕莱索是南太平洋东岸最大的港口城市，也是诗人聂鲁达的下葬地。瓦尔纳是欧洲最古老的城市之一，有着"黑海明珠"的美誉。而我游历符拉迪沃斯托克时，恰好发生了"9·11"事件。

这其中，威尼斯以其无可比拟的美丽、优雅、财富和历史沉淀，在以字母V开头的城市里独占花魁，这座城市你只要游历一次，便会永远记住她的。沃韦在日内瓦湖畔，雀巢咖啡总部所在地，文化名人云集，查理·卓别林在此度过了最后 25 年并安葬于此。而温哥华则以其山势而非水波让人刮目相看，有着宜人的气候和空气，还有越来越多令人眼花缭乱的熟悉面孔和乡音。这几座城市的光芒、魅力和美味佳肴是恒河河畔那座圣城——瓦拉纳西难以媲美的，即便如此，我仍然选择了那座信仰印度教的破旧不堪的城市。

1997 年夏天，我开始了印度之旅，那是我第一次在中国和日本以外的亚洲旅行。在游历了新德里、阿格拉（以泰姬陵闻名）后，我经由两座人口稠密的城市坎普尔和勒克瑙，向恒河边的圣城进发。火车在勒克瑙拐了一个 120 度的大弯，我突然感到一丝恐惧。印度的铁路网四通八达，铁路公司拥有全世界最多的雇员，然而交通事故频繁，常有火车出轨，坠入恒河中。

好在那次是我最后一次乘坐印度的火车了，恒河平原的景色别致，铁轨高出了地平线，车窗与农舍的屋顶齐平，间或可见木质电线杆，安插在幼小的秧苗中间。我无法想象，如果窗外突然出现一片摩天大楼会是什么模样。印度的农业人口已经超过中国，可是粮食和钢铁、石油、化工产品一样，依然需要进口。究其原因，或许是这个国家的人民在宗教事务上花费太多时间了，他们喜欢安逸的生活，甚至卖水果用的手推车也是四轮的。与此同时，自从《薄伽梵歌》歌颂了“般度大战”以后，印度人的好斗之心一点儿也没有减弱。

四轮手推车

中午时分，火车到达了瓦拉纳西，这里是印度教徒间最知名的朝圣地。印度共有七座圣城，比较有名的还有乌贾因和马杜赖，前者是古印度最重要的学术重镇，后者曾是达罗毗荼文化的中心。我在 1984 年版的《牛津英汉词典》里发现，解释 pilgrim（朝圣）一词用的例句就是“去往贝拿勒斯朝圣”。贝拿勒斯是瓦拉纳西的旧称，它的原意是“最好的水”。阿根廷诗人博尔赫斯年轻时曾以此城为标题作过诗，可惜他没有机会来到日本以外的亚洲，包括他所神往的中国、印度和阿拉伯。

值得一提的是，三年以后我有幸在拉丁美洲逗留，不仅数次到访博尔赫斯的故乡布宜诺斯艾利斯，还学会了西班牙语，把包括《贝拿勒斯》在内的许多诗歌译成中文。在这首诗的开头，博尔赫斯想象了他心目中的东方古城和圣河：

猛烈的阳光
撕破了黯淡的心情
在庙宇、粪坑、牢狱和
庭院之间，攀上墙壁
在一条圣河中闪耀

诗人的感觉准确无误，即便我在博尔赫斯创作诗作七十多年以后来到这座城市，那里的景象依然如故。想必博尔赫斯读过卡西尔的诗歌，他是 15 世纪印度最伟大的诗人，出生在贝拿勒斯的一个婆罗门家庭。卡西尔也是融合了印度教和伊斯兰教的圣人，他的思想被那纳克所继承，后者创立了锡克教。但瓦拉纳西最具特色的 ghat，全诗却没有提及或做任何暗示。那是一种上下河岸的台阶，其主要功能并不是停靠船只的码头，而是供全城和来自印度各地的民众沐浴。

我从城西的火车站坐公共汽车到城东，想在恒河边找一家小旅店。这个愿望很容易实现，因为瓦拉纳西拥有一百多座 ghat，其中一座专供寡妇沐浴。每座 ghat 附近都有几家私人旅店，投宿者通常是外国游客。我下榻的那家叫阿拉那达，虽然陈设简陋，倒还算整洁安静。店主是位退伍军人，我向他要了一个临河的房间，每天 100 卢比，相当于人民币 25 元。窗外便是滔滔不绝的恒河和一个小 ghat，河水浑浊恰似黄河，可是世界上没有别的河流能像恒河那样在人民心中如此神圣。

自从到达印度以后，我就没有遇见过一个同胞，那天晚上，我突然怀疑自己是这座百万人口的城市里唯一的中国人，不由得想起一千三百多年前，玄奘法师曾来此朝圣。公元 629 年，玄奘从京师长安出发，去往天竺，途经十几个国家，历时十六年。人们普遍认为，他在印度所经的路程已不可考，人们只知道，从尼泊尔到锡兰，他走遍了印度半岛。印度这个中文名字，就是由玄奘首先音译的，我相信这是所有国名的中译文里最有意味的。

不过，正如英国作家赫伯特·乔治·威尔斯指出的，玄奘好奇而轻信，缺少史学家的细致感。他分析说，或许是中国传统的文学观，妨碍玄奘告诉我们他是怎样旅行和住宿，谁是他的侍从，他吃些什么，抑或他如何支付费用等历史学家珍视的细节。的确如此，当玄奘回国，太宗问起印度的情况时，这位法师只愿谈论佛教。在威尔斯所著《世界史纲》里有一幅插图，描绘了玄奘从中国到印度的路线，箭头指到印度河就停住了。可我在游览台湾日月潭的玄奘寺时，却另有发现。

寺内墙上绘有一张《大师西域行迹图》，详细地描出了他在印度的足迹。依照这幅地图，玄奘是从克什米尔进入印度的，经过北方邦的巴雷利（他在那里的佛学辩论中屡屡获胜），到达瓦拉纳西。玄奘在圣城逗留的时间已无法考证，但肯定不会太短促，因为瓦拉纳西是佛祖创业和传道的基地。不过，玄奘并非第一个到天竺取经的中国僧人，早在公元399年，东晋的僧人法显在65岁高龄时也曾从长安出发，经西域由陆路去印度，历时十四年。可惜我无法查证，法显有没有到过瓦拉纳西。

与玄奘的云游四海相反，他的导师释迦牟尼生活在非常狭小的空间里。打一个比方，从瓦拉纳西到巴特那的距离大约200公里，以它们的连线为直径画一个圆，就可以把他的一生圈在里面了。这个圆圈实际上也是佛教的摇篮，因为与释迦牟尼有关的四处圣地均在圆内。首先是上方的兰毗尼，它是佛祖的出生地，如今位于尼泊尔境内。当然少不了佛祖第一次布道的鹿野苑，就在瓦拉纳西城东10公里处，正是在这里他的弟子们开始称他为佛陀。

换句话说，鹿野苑是佛教史上最重要的圣地。其中一个耶舍的富家子弟起了重要作用，他的梵文名叫Yasa，是著名的僧团的第六名比丘（和尚，比丘尼是尼姑，前五位比丘是释迦牟尼父亲派遣跟随儿子的侍从）。耶舍出生在瓦拉纳西，幼时家境殷富，拥有众多的仆人、乐师和舞者，然而他却喜欢过清净的生活，他在圣河边听释迦牟尼讲道，随后出家，并引领四位朋友加入僧团。不到两个月，又引领了50位朋友出家，这些人成为第一批佛教徒。

一场大雨过后的一个下午，我搭乘一辆人力三轮车前往城郊的鹿野苑。蹬车的小伙子来自孟买，年方二十。他因为父母早亡，带着年幼的妹妹到此谋生，这里的物价相对较低，他每天都要往返鹿野苑十多次，看来佛祖仍保佑着他。我所看到的是一片真实的荒原，一座寺庙的遗迹，一根破损的阿育王柱，一个信徒遗骨的墓地，最引人注目的要数一座 30 米高的宝塔，相传为阿育王所建，现在这一座是仿造的。

据说，当年释迦牟尼在鹿野苑里建立起类似柏拉图设在阿卡德米的学院，并促使其在他死后成功地延续下去。信徒们自造茅舍，雨季他们留在苑里论道，旱季则散往全国各地，依照各人的见解宣讲教义。法显和玄奘法师都曾到过此地，据玄奘书中记载，公元 640 年的鹿野苑里有 1500 多名僧侣，宝塔高逾百米。这些壮观景象，在穆斯林入侵以后就不复存在了。

佛教后来在印度就像鹿野苑一样衰败了，可它并不是被伊斯兰教摧毁，而是被印度教的前身婆罗门教击败。印度的佛教徒如今仅存六百多万，还不到印度教徒的百分之一，以至于有人认为，佛教在印度已经不是一门宗教，而是一种哲学体系和道德规范了。分析佛教衰败的原因，我想与教派之间的迫害过于残酷有关。佛教一切平等的思想与婆罗门教的种姓制度是根本对立的，后者在印度早已根深蒂固，至今仍有强大的势力。

我住进阿拉那达旅店的时候，里面只有一位意大利青年，他的名字叫马基雅维利，听起来非常耳熟，一问果然是那位大哲学家的后裔。作为西方政治哲学的代表人物，马基雅维利最著名的一句格言是：为了实现自己的目的可以不择手段。而我眼前的这位马基雅维利却显得温文尔雅，他现在就读于世界上最古老的学府——博洛尼亚大学，专攻东方哲学。马基雅维利利用暑假来印度旅行，并在瓦拉纳西的一所学院学习梵文和瑜伽，为了节约费用，他租了一间看不见风景的房间。

一个阴雨绵绵的中午，我和马基雅维利结伴去看河边的火葬。瓦拉纳西有两座 ghat 是专门用来火葬的，我们去的那座叫玛卡尼卡，走在弯曲狭窄的石板路上，不时被迎面过来的水牛拦住去路，牛在印度神圣不可冒犯，如果不小心，有可能被它顶着屁股。有时候，牛坐在大街中央打盹，汽车只好绕道而行。有一年新德里的国庆节游行，牛甚至被用来拉苏制米格战斗机。不一会儿，路旁出现了成堆的柴垛，不用说火葬场就在附近了。

一阵浓烟夹杂着恶臭的气味飘过，眼前随之出现了半个足球场大的空地，有十几堆柴火正燃烧着，四周一片黑压压的人群，间或露出几副竹子担架，上面躺着裹着白布的尸体。据马基雅维利分析，担架上有些人尚未咽气，他们从遥远的地方赶来，是为了到圣城做最后的旅行。火葬场的另一头便是恒河，水流在那里拐了个弯，显得相对宁静、安详。我忽然发现附近有一座三层民宅，一个机敏的男孩把我们领到屋顶上，我们终于见到了那动人的一幕。

在屋顶上，我们清晰地看见，有几堆柴火烧得只剩下骨头了。虽然我听说拍照是件绝对危险的事，但还是把相机藏在雨伞里面，镜头向上偷偷摁下了快门，在那一瞬间撑着花伞的马基雅维利露出惊恐之色，而那个印度男孩则一副木然的表情，我们塞给男孩几块卢比，迅速撤离了现场。回到旅店以后，再看那些络绎不绝

玛卡尼卡埠头

来到河边沐浴的人群，我的心情相对平静了许多，似乎不觉得河水有多脏了。

黄昏时分，我搭乘从上游漂来的一块舢板顺流而下。由于河床的升高，这个城市有几座神庙处于河水的围困之中，形成一道独特的风景线。这令我想起古罗马讽刺诗人玉外纳的诗句："恒河之水天上来。"翌日凌晨，我尚在睡梦中，忽然听到了一阵祈祷的歌声，旋律忧伤动人，有生以来我第一次被歌声打动得流下了热泪，以往聆听过的那些基督教唱诗班黯然失色。起床以后，店主告诉我说，这是一伙从泰米尔纳德邦来的印度教信徒沐浴时所唱的歌，我的思绪又一次飞向了南方，是否需要另一次印度之旅，以弥补此行留下的种种遗憾?

虽说六年以后，我获得机会再次来到印度，游历了孟买和班加罗尔，却仍然未能造访泰米尔纳德邦。不过我却听说，每个印度教信徒终生都有四大憧憬：敬仰湿婆、恒河沐浴、结交圣人和游历瓦拉纳西。我还听说了印度人敬仰湿婆和洗恒河水是因为古时有汹涌的洪水泛滥，是湿婆来到喜马拉雅山下，散开头发，让汹涌的河水从自己头上沿着发丝缓缓流淌，浇灌两岸的田野，从此人民安居乐业。

W

维也纳：天堂般的城市

Wien

入选理由： 音乐之都，爱乐者的朝圣地，蓝色的多瑙河缓缓流过它的颈项。与此同时，逻辑和理论才人辈出，并以童趣的建筑吸引四方宾客。

游历时间： 2002 年夏天。

候选城市： 华沙（Warsaw）、华盛顿（Washington）、魏玛（Weimar）、武汉、温州。

2002 年夏天，我在东欧漫游，从巴尔干半岛的马其顿和阿尔巴尼亚到波罗的海的前苏联加盟共和国，似乎处于一种无国界的游历状态。一天，我辞别斯洛伐克首都布拉迪斯拉发，搭乘一艘从匈牙利首都布达佩斯开来的旅客快船，沿多瑙河逆流而上。这艘满载两百多名游客的船只全封闭，其目的地是举世闻名的音乐之都、奥地利首都维也纳。两地距离只有 60 公里，除去罗马和梵蒂冈，这是欧洲最紧邻的两座首都。

在此以前，我曾在奥地利名城莫扎特的故乡萨尔茨堡逗留了一个夜晚。记得那天我到得有些晚，在旅店安顿好行李，再找到音乐家故居时，已经华灯初上。我见到一位举止优雅的意大利少妇，带着年幼的女儿在故居门前徘徊。莫扎特短暂一生辉煌的顶点是在维也纳度过的，但作为首都，维也纳并没有与萨尔茨堡争夺音乐家。这一点也为全世界的莫扎特爱好者所接受，他们乐得让其独领一座城市的风光，而萨尔茨堡音乐节也声名远扬。

我们所熟悉的维也纳外文书写是 Vienna，本文选取的是它的德文形式 Wien，这在 12 世纪作为城市首次出现时便用上了，英文是仿德文的书写方式。不过，虽说维也纳作为城市的历史不到九百年，但早在纪元前此地便是凯尔特人的定居点了，一世纪时为罗马人的要塞，当时在拉丁文里也以 v 开头，叫 Vindobona，据说来源于凯尔特语，vindo 是白色，bona 是建筑物。无论如何，假如没有维也纳，我会选魏玛，而 v 字母除了瓦拉纳西，尚有威尼斯、温哥华和沃韦可选。

在抵达维也纳之前，我对奥地利的经济情况并不十分了解，更没想到一个音乐天才（通常是贫穷的代名词）辈出的国度其富庶和物价之昂贵堪比华丽的邻国——瑞士。举例来说，市内的公共汽车起步价就要两欧元，而要找到一家廉价的小旅馆单人房间绝无可能。迫不得已，我回到青年旅店的投宿者行列中，那是我那年夏天旅行中的三次例外之一，另外两处分别是在柏林和日内瓦。

在世界著名作曲家中，德语国家的几乎占据半壁江山。不过，可能大家并未注意到，其中相当一部分是出生在奥地利或是在维也纳成名的，属于前者的包括海顿、莫扎特、舒伯特、布鲁克纳、马勒、勋伯格、贝尔格和韦伯恩，属于后者的有贝多芬和勃拉姆斯。倘若注意到奥地利的人口不足德国的十分之一，这一点更是让人惊讶。我只是觉得奇怪，同样是说德语的国家，为何奥地利人的足球成绩和数学贡献远不如德国呢？

在音乐风格上，奥地利作曲家相较于德国作曲家，虽然他们所使用的德语一样，却更为轻柔、悦耳。正是由于上述天才人物的涌现，才使得维也纳自 18 世纪以来一直是世界的音乐中心。在多瑙河（未必总是蓝色）流经的众多国家和城市中，奥地利和维也纳无疑受益最多。如此一来，我们也就不难理解，为什么声名显赫的圆舞曲作曲家约翰·斯特劳斯父子每每被排斥在音乐史之外。

老约翰虽然当年被许多人崇拜，却一直反对儿子学习音乐。小约翰起初在一家银行做职员，后来偷偷地学拉小提琴，并在一家餐厅秘密地开始了指挥生涯。在老约翰英年早逝以后，他随即将自己和父亲的乐队合并，并着手策划欧洲的巡回演出。小约翰写出《蓝色多瑙河》时已过了不惑之年，这首圆舞曲也使多瑙河

约翰·斯特劳斯塑像

扬名世界，使其在中国的知名度超过了莱茵河。

抵达维也纳的第二天，我来到位于市中心的城市公园（Stadtpark），一条小小的河流穿越其中，河流的名字就叫维也纳，它与多瑙河在市内交汇。公园里有多处池塘，盛长着各种花卉植物，包括稀有的金字塔杨树和高加索核桃树。一座座姿态各异的音乐家雕像坐落其中，记忆里有歌曲之王弗朗茨·舒伯特、交响乐作曲家安东·布鲁克纳、轻歌剧作家弗朗茨·雷哈尔。

不过，最引人注目的还是小约翰·斯特劳斯，那是一尊镀金的全身像，他站在一个拱形的门廊下面，身穿燕尾服，正在拉他的小提琴。在这里我巧遇了一群波兰来的中学生，他们是来参加夏令营的。我为这群年轻人拍了一张集体照，每个人都喜气洋洋的，有的伸出大拇指，有的夸张地做出跳华尔兹的动作，相信他们的自信有部分来自同胞肖邦。

或许是某种巧合，《蓝色多瑙河》问世那年（1867 年），欧洲诞生了二元制君主政体的奥匈帝国。这个奇特的王朝维系了半个多世纪，考虑到日韩联合举办世界杯和波兰与乌克兰联合举办欧洲杯的复杂性，我们不得不赞叹两国政客和民众的宽容、大度。再往前，还有哈布斯堡家族对奥地利、匈牙利和波希米亚民族的强有力统治。

作为起始于 1278 年先后长达六百四十年的奥地利哈布斯堡王朝和奥匈帝国的都城，维也纳有许多宏伟的建筑。与皇朝有关的有：18 世纪的美泉宫（皇后茜茜公主曾经的寝宫）、望景楼宫，19 世纪的议会大厦、霍夫堡皇宫（如今的总统府）；与音乐有关的有：18 世纪的国家歌剧院（世界四大歌剧院之一）、维也纳爱乐音乐厅（其中的金色大厅以举办一年一度的维也纳新年音乐会闻名）、19 世纪的布格剧院，等等。

由于时间所限，也因为这个世界尤其是欧洲古老宏伟的建筑实在太多了，我没有一一游览。事实上，即便我参观过的建筑细节也混淆不清了，但有一点却不曾忘记，就是有许多建筑坐落在多瑙河南岸著名的环城大道上。1858 年，开明的老皇帝约瑟夫一世下令拆除皇宫城墙，邀请欧洲各国的建筑师来维也纳施展才华。之后，在短短的十年时间里，这些建筑在四公里长的大道上拔地而起。

除了古典的宫殿式建筑以外，维也纳东郊还有一片被称为“百水屋”的民居，尤为各国年轻游客喜爱。百水屋是维也纳出生的

百水屋

画家弗里德里希·亨德尔特瓦萨尔设计的，原本是为低收入人群建造的福利房。“百水”是他的笔名，他被誉为维也纳的安东尼·高迪。百水屋可以说是游客必到之地，来维也纳之前，我未曾听说，是青年旅店里的室友告诉我的，这也是住青年旅店的好处之一。

百水屋设计于20世纪70年代末，建成于1985年。当时旅居美国的法国哲学家德里达等人提出的“后现代主义”理论在建筑界影响如日中天，所谓“同一空间里不同时间的并置”，即把不同历史时期的建筑风格拼贴到一座新建筑中。百水屋却不亦步亦趋，它从童趣出发，宣示了两种精神，即“人与自然共存”和“对不规范的容忍”。例如，房屋与植被的亲和关系，让高树长在阳台，让藤蔓从墙面探入室内，再加上随心所欲的曲线和儿童般的色彩遐想。

遗憾的是，2000 年 2 月 19 日，百水先生搭乘“伊丽莎白二世”豪华游轮环游世界时在海上去世，享年 71 岁，他葬在新西兰。此前，百水已在新西兰购买了一座山谷，并加入了新西兰籍。他在那里随意营造房屋，其中有一座叫“瓶屋”的特别有名。在维也纳，百水还设计了一处垃圾焚烧站，在色彩斑斓的楼体上，高耸着一个“套罐”和“帽子顶”的塔体，游人不免惊叹：“活脱一个老顽童！”

维也纳出生的作家茨威格（左）和他的兄弟

虽说维也纳贡献出了众多伟大的古典和现代作曲家，并拥有约翰·斯特劳斯父子那样脍炙人口的作曲家，但是头一天晚上，当我无意中走进旅店附近的一个地下舞厅，却发现它以播放拉丁音乐为主要特色。这一点让我感到有些惊讶，因为维也纳是世人心目中的古典音乐之都。与此同时，我也为载歌载舞的拉丁民族自豪，毕竟之前我在那个神秘的大陆逗留过一年。

那会儿舞厅里已有许多人，我向邻桌女孩发出邀请，没想到遭到拒绝。再看看在场发呆的几个日本游客，我突然想到，是否因为日本男孩的笨手笨脚让她们断定东方男人不会跳舞？于是我想出曲线邀舞的招数。我看到远处有位老年妇人无人问津，但她分明跃跃欲试，便先请她跳了一曲。果然，我在南美受到的熏陶帮助了我，接下来，每当一支新的舞曲响起，周围总有年轻靓丽的女子把目光转向我。

除了音乐以外，奥地利在其他许多领域也做出了杰出的贡献。即使在多灾多难的20世纪，也涌现了不少世界级的名人。例如，诗人里尔克、小说家卡夫卡、画家科科什卡、数学家哥德尔、物理学家薛定谔、生态学家洛仑兹、哲学家维特根斯坦。事实上，在20世纪之初，维也纳是最大的说德语的城市，即便如今，她也仍只是仅次于柏林。

遗憾的是，由于种种原因，前文提及的七位天才人物均先后移居他乡，这与音乐家留恋维也纳的情况截然相反。“天堂乃是没有书籍的地方”，这竟然是伟大的卡夫卡留给我们的忠告。他的作品与笼罩整个20世纪的迷惘氛围相吻合，因此受到批评家和读者的青睐。卡夫卡在遗嘱里要求友人将其所有未发表的作品焚毁，而他却是上述诸位天才中唯一选择在维也纳辞世的。

哥德尔出生在布尔诺（现属于捷克），十八岁入维也纳大学攻读物理学，两年后转到数学系，三年级时爱上一位比他大七岁在夜总会工作的已婚妇女，他们的婚姻遭到哥德尔家人反对。但有情人终成眷属，他们相恋十一年后结婚，没有孩子。后来哥德尔受聘美国普林斯顿高等研究院，与爱因斯坦成为挚友。哥德尔最大的成就是两个不完全性定理，他证明时用到了南宋数学家秦九韶发明的中国剩余定理。

维也纳的医学和心理学研究堪称世界一流，先后有三个维也纳学派享誉世界，它们各自涌现出代表人物。第一拨的领袖是精神分析学家西格蒙德·弗洛伊德，第二拨的领袖是个体心理学家阿尔弗雷德·阿德勒，第三拨的领袖是存在主义分析家维克托·弗兰克。维也纳的哲学和经济学也很强，代表人物哲学家维特根斯坦、哲学家卡尔·波普和经济学家弗里德里克·哈耶克均赫赫有名。

我认为，维特根斯坦是最有数学意味的哲学家，而哥德尔是最有哲学意味的数学家。他们都用英文写作，一个终老英国，葬在剑桥；另一个终老美国，葬在普林斯顿。有趣的是，维特根斯坦是阿道夫·希特勒的中学同学，他的母亲是经济学家弗里德里克·哈耶克外公的姑表妹。2008年秋天，我在剑桥访问时，曾专程去探访维特根斯坦的墓地，在一片荒草丛中好不容易才找到。

值得欣慰的是，他的墓碑上散落的硬币多于其他人的墓碑。

我来维也纳只是路过，下一站是捷克首都布拉格。那次旅行我没有明确的路线图，是参加了苏黎世诗歌节之后的漫游，最后的目的地是法国南锡，我在那里的一所大学访问结束，但行李仍放在房东家里。我在维也纳的最后一个下午，坐公共汽车去了城北的森林，即在中国也非常有名的“维也纳森林”，它的有名是因为小斯特劳斯的圆舞曲《维也纳森林的故事圆舞曲》。

维也纳森林方圆 1 200 多公里，长宽比约 2 : 1。主要由混合林和丘陵草地组成，一部分延伸至市区，原来是皇家狩猎场，如今被赞为“城市的肺”，那会儿环境问题在中国尚不那么突出或严重，只有因为那首圆舞曲太有名才吸引了我。后来我发现，林中还有贝多芬和舒伯特当年住过的小村，分别叫海利根施塔特和欣特布吕尔，后者路旁有个磨坊。有一个说法，贝多芬的《田园交响曲》和舒伯特的歌曲《美丽的磨坊姑娘》灵感均来源于此。

在以字母 W 开头的城市中，我还到过波兰首都华沙和美国首都华盛顿，前者对我来说记忆最深的是它的郊外的一座村庄，那里是音乐家肖邦的出生地，在一幢四周被树木、草坪、溪流、小桥和游客环绕的房屋里，有一个从不露面的钢琴家，每天演奏肖邦的练习曲、奏鸣曲、夜曲和波罗乃兹。遗憾的是，华沙老城不像布拉格那样幸运，美丽的建筑大多在第二次世界大战中被摧毁。

在大西洋彼岸的波托马克河畔，规模中等的新兴城市华盛顿布局和中轴线清晰合理，有一次我竟然下榻在与白宫近在咫尺的

14街。宏伟的建筑物和门票低廉甚或免费的博物馆随处可见，包括现代艺术藏品丰硕的华盛顿国立美术馆，却难觅那种轻松随意的氛围（除非夜晚的M街一带的脱衣舞厅）。毕竟，世界最强大有力的国家机器就在这座城市里，尽管是在象征纯洁的白色和具有黄金分割之美的五角星的掩饰之下。

而在2010年的一次欧游途中，我抵达了魏玛——一座属于歌德的城市，也是巴赫、席勒、尼采、李斯特和包豪斯的城市。后面四位文化名人中，只有音乐家巴赫是在歌德之前到达魏玛的。1775年，26岁的歌德应18岁的卡尔·奥古斯特公爵的邀请来到魏玛，从此便生活在这座小城（除了两次意大利之旅），直到83岁那年辞世。

最后是武汉和温州，武汉有着长江的气度和楚汉民族的尚武精神，温州是我童年游历过的唯一的城市。武汉是中国中部和古代楚国的地盘里最大的城市，浙大楚辞专家姜亮夫先生认为，楚人来自西部的甘肃、青海，“屈子心中想象的‘旧乡’是在昆仑”。遗憾的是，鼎盛时期的楚国古都却是在荆州。温州人善于经商，并以敢于闯荡天下闻名于世，移民海外的人家不计其数，有经济基础的也因此着意于子女的才艺培养，包括音乐和舞蹈。与此同时，温州也是数学家之乡，尤以姜立夫和苏步青令故乡人自豪。

X

西安：绵延千年的东方古都

Xi'an

入选理由： 曾经的王朝故都，足以号令整个东方。如今留下来几截城墙、几座塔碑和难以计数的地下士兵，教人怀想秦皇汉武，以及盛唐的丰盈。

游历时间： 1984 年冬天、2007 年春天、2011 年夏天、2012 年秋天、2016 年夏天。

候选城市： 哈尼亚（Xania）、哈尔科夫（Xarkiv）、厦门。

毋庸讳言，西安能够成为我心仪的城市，既得益于其古老辉煌的历史，也与以字母 X 开头的城市十分稀少分不开。除此以外，还与我本人的“奇迹年”——1984 年不无关联。需要指出的是，那时我完全不知道，英国作家乔治·奥威尔曾以《1984》为题，写下过一部寓言小说。

1984年，我还是山东大学的硕士研究生，在国家级杂志《科学通报》独立发表了第一篇数学论文。元旦早晨，我写出了第一首诗歌《路灯下的少女》，起因于一次美丽的误会。除夕之夜，我在一位老乡家观看电视里的迎新晚会，结束时已近子夜。在返回寝室的路上，在一棵法国梧桐树下，一位突如其来的少女几乎扑到我的怀中。原来，她把我当成是约会的男友了。那晚我辗转反侧、难以入睡，第二天早上口中仍念念有词，起床后遂记了下来。有位文学青年的室友看过以后说，这是一首诗呀！

几个星期以后，寒假来临，我开始了人生第一次真正意义的远游。我从济南乘火车出发，先是北上京城。继而向西，经过张家口和呼和浩特，在一个夜晚穿越了梦寐以求的内蒙古大草原。抵达宁夏后，我在“塞上江南”银川逗留了一周，住在早年自愿支边的堂姐家里。之后，我到了兰州，流经该城的黄河水流清澈，像一个明媚的少年。

可是，为了节省费用，我只在兰州逗留一个白天，便沿陇海线东进了。后来我听说，这条铁路的修筑共耗时半个世纪。我趴在硬座车厢的桌子上，度过了一个甜蜜的夜晚，穿越了一些历史上赫赫有名的地方，迎接我的是古都西安寒冷的早晨。我住在第四军医大学一位大学同学的单身教工宿舍里，可我已不记得，在没有电脑和手机，打不起长途电话的年代，我们是如何联络的，或许是通过互寄贺年卡吧。

但我却记得，从济南到银川的火车票价只有十几元人民币。本来，成人票价要贵出一倍，出发前我灵机一动，以山东大学数学系的名义给济南火车站打了一个书面报告。报告中声称我是宁夏人，因临时丢失学生证来不及补发，请准予购买一张济南至银川的学生半票。没想到系团总支书记居然同意并加盖了公章。

究其原因，我想大概是因为她觉得多看看祖国的大好河山对年轻人是件好事，同时也不会有第二个学生有此类要求或想法。拿到盖有大红印章的信件，我兴奋了一个晚上。可是，买到半票以后，我又有了新的想法。那会儿我对铁道部颁布的大学生购买半票规则研究得十分透彻，若是遇到寒暑期，学生从实习地回家也可以享受半票。

正是利用这一点，我请团支书好事做到底，打了第二张证明。于是我在银川又买到一张半票，这回的目的地是宁波，价格也是十多元，且五天到达有效。这样一来，我就有机会在兰州和西安逗留并游览。那时大学里还未设置主要按学习成绩分配的奖学金，我因为父亲去世而获得最高一级的助学金，每月 17.5 元。虽然读研时略有提高，能买到半票对我仍很重要，至于投宿旅店更是想都没想过。

多年以后，我有机会在欧洲乘火车漫游，了解到为了鼓励年轻人多看看世界，凡是 26 岁以下的青年，无论国籍，无论学生与否，均可以享受半价，尤其鼓励跨越国界的旅行。遗憾的是，我第一次抵达欧洲时，早已过了那个年龄。虽然如此，我却从此为自己当年杜撰那两个证明心安理得了。同时也希望将来有一天，中国的铁路和公路系统也能对年轻人的出游予以鼓励，这将会是一笔回报丰厚的投资。有意思的是，2016 年春天，我在旧金山见到当年助人为乐的老师并表示感谢时，她却不记得此事了。

我在西安的一天半时间里，游览了大雁塔、小雁塔、钟楼、鼓楼，还有碑林、半坡博物馆。那时我还没有读过校友韩东写的名诗《有关大雁塔》：“有关大雁塔 / 我们又能知道什么 / 我们爬上去 / 看看四周的风景 / 然后再下来。”此诗是对朦胧诗人杨炼一首史诗性作品的反讽，不料却后来居上广为人知，而我在学生时代也留有“塔是天上的井 / 井是地下的塔”的拙句，只是不曾受他人的影响。

那次我没有登临古塔，它们历经 13 个世纪的风风雨雨，岿然屹立。大雁塔气势恢宏，多少有点帝王的威严，据说与天竺取经归来的玄奘密切相关；小雁塔由后宫佳丽捐钱修筑，因此也显清秀，略带脂粉气。唐代佛教盛行，多达九宗或十宗，长安城内僧尼数以万计。不过，第一个信佛的皇帝却是在东汉洛阳。公元 64 年，汉明帝刘庄做梦见到神（佛），于是派遣蔡音和秦景去天竺取经，他们在阿富汗时遇见两位讲学的天竺高僧，遂邀请来洛阳，他们骑白马进了洛阳城，这才有了中国第一座寺庙——白马寺。

西安之行的高潮是到临潼游览华清池和秦皇兵马俑。那时还少有描写帝王将相的电视剧，甚至“美女”这个如今泛滥成灾的词也未流行，但“四大美人”之一杨玉环却如雷贯耳。这位贵妃

钟楼夜景

明代画家钱选的《贵妃上马图》（局部，13 世纪）

的名气之大恐无其他女人可及。事实上，其余三位美人的故事更接近于传说，或是在小说中流芳。骊山脚下的华清池却千真万确，是杨贵妃冬季避寒沐浴的地方。每年十月，唐玄宗便偕贵妃东离长安，直至年终才返回。在这样的场景下，西安出现贾平凹的长篇小说《废都》是最正常不过了。只是，骊山的名字是否正如电视剧《芈月传》所写的，源自义渠王翟骊，就不得而知了。

至于举世闻名的秦始皇兵马俑，在我看来并非像长城或埃及金字塔那样以宏伟壮丽取胜，而只是因为想象力之奇妙，才使得游客特别是西方人惊叹。试想一下，在没有地铁的年代，那么多身着盔甲的兵俑和战马，整齐地排列在地下空间，该有多么壮丽。无论在古代中国，还是在埃及或其他东方古国，帝王陪葬的现象都十分普遍。也就是说，掩埋活人比雕刻群像更为常见，这才是兵马俑的价值所在，它们既是弥足珍贵的艺术品，又挽救了无数生命。

现在我要说说我的第二次西安之行，那是在相隔 23 年以后。应当年的室友兼师弟文鹏教授邀请，我乘飞机抵达西安，到西北大学主持博士论文答辩会。后来又应数学史家安京教授之邀，受聘西大荣誉性质的兼职教授。那次我在西北大学和西安交通大学做了两场公众讲座，并乘火车前往红色圣地的延安大学。一路上，那绵延不绝的隧道让我明白，当年毛泽东领导的军队何以能在陕北立足，延安的另外三个方向也是被高山、沙漠或河流阻隔。

我想起杭州老乡、北宋博物学家沈括，他曾任延州知府。在任期间，沈括研究了陕北发现的石油性状及用途。事实上，“石油”一词便是沈括在《梦溪笔谈》里首次出现的。他在书中描写道：“……生于水际，沙石与泉水相杂，惘惘而出。”他还认定，“此物后必大行于世。”果然，九百多年后的今天，延安开采出了不少高质量的油田，人民也迅速脱贫，成为陕西最为富庶的地区之一。

重访西安我没有再游览名胜，而是终日在新朋老友的陪伴之下。有一天，在结束了学术交流活动之后，我应约来到南门外的明城墙下，对着一轮明月，与友人纵酒交谈，忽然想起了一千多年前的盛唐时期。那时西安（长安）繁华至极，许多国家都派来使节，尤以日本人最多。据说日本一共派出 19 批遣唐使，但只有 15 批到达中国，每批有 200 至 500 名使者，同时还有 10 至 20 名留遗憾，长安城里的那些外国使臣和留学生，竟没有留下一个世人共知的人物或故事。

话说那些在长安的日本留学生，生活费和去中国各地的旅费，一概由我方支出。难怪他们一住就是十多年，甚至二三十年。其中一位还中了进士，在中国居留了半个多世纪。相比之下，大诗人李白和杜甫居留长安的时间分别只有三年和十年，但他们仍留下了许多诗作和佳话。杜甫的《丽人行》便是作于南郊的曲江池畔，开篇这样写道："三月三日天气新，长安水边多丽人。"这行诗句正是我名字的由来，因为我的生日正好是三月三，而老父亲也熟记这首诗歌。写到这里，西安作为我心仪的城市，已经无法替代了。

据说唐代长安城的妇女生活绚丽多姿，上自宫廷贵妇，下至郊野村姑，无不精通诗文，能歌善舞。武则天、杨贵妃都写得一手好字，妇女们弹琴、舞剑、骑马、打球、划船、拔河、杂技、观灯、踏青、郊游，无所不能。有杜甫的诗为证，"一舞剑器动四方"。在衣着打扮方面她们也十分前卫，侍女们甚至高髻长裙、袒露前胸。

与此同时，长安给诗人们也带来了无穷的快乐和灵感，李白整日里与一批同道雅士饮酒唱和。远在他乡的杜甫在诗中想象到："李白斗酒诗百篇，长安市上酒家眠。天子呼来不上船，自称臣是酒家仙。"一次李白大醉，奉诏填词，当时唐玄宗和杨贵妃正在沉香亭前观赏牡丹，李白挥毫而就，一气呵成："云想衣裳花想容，春风拂槛露华浓。”

虽说李杜因为不得志，最终都远离了长安，但他们仍十分怀念。李白在离开长安后游山东，作别东鲁诸公时，写下了《梦游天姥吟留别》，以诗歌的方式梦游吴越，寄托的却是对长安的思念。杜甫临终时也为不能回长安而抱恨：“云白山青万余里，愁看直北是长安。”他们当然不会知道，仅一百余年以后，唐朝的历史便结束了。从那时起直到如今，一千一百多年过去了，长安再也没有做过国都。

10 世纪初唐昭宗被挟持迁都洛阳后，节度使韩建驻守长安。为了便于防守，他下令重建长安城，结果仅包含了原来的皇城。新城将皇城东、南、西三面城墙，与原来宫城的南墙连接一起，并在新城北面开了一座玄武门，面积仅及原长安城的十六分之一。又过了五个世纪，明太祖朱元璋手下的两员大将下令改长安为西

秦腔表演

安，从此西安偏安西北一隅。

在中国名城里，以字母 X 开头的还有厦门。作为我国东南沿海的开放城市，厦门的现代生活品质自然要高出西安，加上优美的海滨风光，她对年轻人独具吸引力。我在 20 世纪 90 年代初首次抵达时，曾流连忘返，并在美丽的厦门大学写下一首诗《芙蓉湖》。据说“厦门”这个地名的首次出现是在 14 世纪末，比“西安”晚了四分之一世纪，与“长安”辉煌的历史更难媲美。之后我又多次抵达，开会或讲座，并在美丽的鼓浪屿小住数日。

最后，我要说说以字母 X 开头的外国城市，这几乎不可觅，我游览过的仅两座，即乌克兰故都哈尔科夫（Xarkiv 是其俄语的拉丁字母拼写）和希腊克里特岛西北岸的港口城市哈尼亚。1999 年夏天，在罗马的一次数学会议之后，我搭乘奥林匹亚航空的班机飞抵希腊。一天，我在雅典外港比雷埃夫斯码头漫步，盘算着如何乘船渡过爱琴海，去欧洲文明的发祥地——克里特。当我发现多数游客选择岛中央的第一大城市——伊拉克利翁时，便悄悄地做出了自己的选择，也因而错过了英国考古学家伊文斯在 20 世纪初发现的米诺斯迷宫。

哈尼亚的名字听起来像一个乡村少女，果然她也朴实无华，依着港口而建的民宅有着美丽的色彩，而码头上诸多露天小桌摊的咖啡苦涩难咽。1252 年，来自远方的威尼斯人在此建城，后被土耳其人侵占，1912 年才并入希腊。哈尼亚是希腊最著名的政治家维尼泽洛斯的故乡，他被誉为“现代希腊之父”，在“一战”

前后四度担任总理，由于他的努力，使得希腊的国土和人口增加了一半。

至于哈尔科夫，她曾做过三年的乌克兰首都，目前仍是该国第二大城市，可与首都基辅尚无法相提并论。事实上，哈尔科夫是一座俄罗斯人的城市，离俄国的边境线仅 30 多公里。我印象最深的是，在三条河流交汇的地方有一座白色宁静的小桥，吸引着过往的游人，尤其是少女们的倩影。宪法广场上有苏联制造的老式坦克和本国制造的新型装甲车，正对面那座色彩变幻不定的喷泉是该城的标志。而国立大学所在的广场据说是全欧洲最大的，里面轻松地容纳了一个卡宾车竞赛场。

Y

埃里温：挪亚方舟的停泊处

Yerevan

入选理由：只要天气不太糟，从城里任何一处都可以看见大阿勒山巅的积雪，《圣经》里所写的挪亚方舟在大洪水之后就停泊在那里。

游历时间：2004 年夏天。

候选城市：雅尔塔（Yalta）、横滨（Yokohama）、约克（York）。

2004 年夏末初秋，我趁在巴尔干半岛参加两次文学节的间歇，以地跨欧亚大陆的伊斯坦布尔作为踏板，依次游历了外高加索地区的三个国家——阿塞拜疆、格鲁吉亚和亚美尼亚。在巴库，我得以亲近世界上最大的湖泊——里海，然后搭乘一列火车，沿着半圆形的铁道线前往第比利斯。结果，一个奇迹般的曼妙景象出现了，出发时窗外的月亮一直没有移动，在我下半夜醒来时仍悬挂在同一个位置。

天亮不久，火车抵达了格鲁吉亚首都第比利斯，那是外高加索最令人向往的城市，当时（今天仍然也是）的总统是一个名叫卡尔什维利的年轻人，而最初引起我关注的是他的浪漫史。据说当年卡氏是在欧洲议会所在地斯特拉斯堡工作时，得以结识后来成为他妻子的荷兰姑娘。这位姑娘做学生时碰巧到过格鲁吉亚旅行，于是两人交谈起来。

可是，就在我抵达第比利斯的那天，即 9 月 1 日，50 公里开外的俄罗斯联邦北奥塞梯 - 阿兰共和国第三大城市——别斯兰恰好发生了一次历史上极为罕见的人质事件。该城第一中学被车臣恐怖分子占领，他们的目的当然是想让车臣独立，结果却难以做到。我随即查看了地图，别斯兰位于巴库到顿河之滨的名城罗斯托夫的铁路线上，也是通往首府弗拉基高加索支线的起点。

显而易见，如果不发生人质事件，北奥塞梯的这两座小城恐怕永远不会为我们所知（罗斯托夫因为肖洛霍夫的小说《静静的顿河》早已名声远扬）。两天以后，人质事件因为武装部队的强行介入而获得解救（一定是普京总统下的命令），但有 326 名学生和教师死于暴徒枪下。那会儿，我已经暂时离开格鲁吉亚，乘巴士向南抵达了亚美尼亚首都埃里温。

那辆跨越国境的巴士乘客除了我以外，几乎全是亚美尼亚人，只有极少数是格鲁吉亚人。可是如果不加以询问的话，很难对他们做出区分。能看到大草原和草原上的养蜂人无疑是一件快事，我不由想起化学家和医生出身的俄国作曲家鲍罗丁的名曲——《在中亚细亚草原上》，悠扬的笛声回荡在草原上空，虽然那曲子描写的是另一片草原，但在我心目中并无多大区别。

将近十二年以后，我在圣彼得堡一座公墓里拜谒了鲍罗丁，与之毗邻下葬的还有他的同道格林卡、柴可夫斯基、里姆斯基–科萨科夫，作家陀思妥耶夫斯基、诗人普希金的夫人娜塔丽娅·尼古拉耶夫娜·冈察洛娃，以及瑞士出生的数学家欧拉。鲍罗丁是62岁的格鲁吉亚王子与25岁的已婚俄国女人的私生子，从小由母亲带大。直到36岁以前，鲍罗丁还只是一个业余作曲家，他的职业是医生。果然，鲍罗丁的墓碑上刻有他的乐谱，也有他发现的化学方程式。

巴士在一段还算平坦的公路上过境，两头各有一个哨所一样的海关，相距不过几十米。这与一个多月前，我从黎巴嫩到叙利亚，或从叙利亚到安曼所经过的海关相似，只不过那里有像模像样的建筑，还有双方总统或国王的肖像，且每次要收取10美元或20美元的马路钱。而在外高加索，我并不需要支付这笔签证费。

与同属外高加索的阿塞拜疆和格鲁吉亚相比，亚美尼亚的知名度明显偏高，但那不是因为其优美的发音。在历史上，亚美尼亚因为奥斯曼帝国的种族灭绝（1915）而与西部邻国土耳其结下世仇，至今两国尚未建立外交关系。而东边的阿塞拜疆也因为纳卡归属和冲突（起始于 1992 年）与亚美尼亚封闭了边界。因此，亚美尼亚的陆路出口只能通过北边的格鲁吉亚和南边的伊朗。

那次大屠杀的受难者主要是在土耳其境内的亚美尼亚人，“一战”期间，外高加索的亚美尼亚人组成志愿军，协助俄罗斯军队对土耳其人作战。不久，这些志愿者发动土耳其境内的同胞加入他们的队伍。于是，土耳其政府把 175 万亚美尼亚人强行驱逐到叙利亚和美索不达米亚。在强迫迁徙的过程中，60 多万亚美尼亚族人因饥饿和毒打死去。剩下的人里头，有数十万人后来移居北美和欧洲。

在此以前，亚美尼亚族人便已遭到土耳其青年党的迫害。究其原因，亚美尼亚人大多信仰基督教新教，而土耳其人和阿塞拜疆人信仰的是伊斯兰教（格鲁吉亚人则信仰东正教）。今天，散落在世界各国的亚美尼亚后裔多于国内人口，其中在美国就有 140 多万，洛杉矶西部有一个选区被称为“小亚美尼亚”。亚美尼亚裔的势力之大使得美国国会通过一项对外民主修正案，明确规定，不得向阿塞拜疆提供任何形式的经济援助。

多年以前我在一列发往纽约的火车上，与一名亚美尼亚妇女相邻而坐，才第一次听说了这个苦命的山地小国。可是，我知道并记住埃里温这个地名却已经很晚了，其发音和书写都不太顺畅，至少不如巴库洪亮，也不及第比利斯悦耳动听。因此，当我从第比利斯出发，搭乘巴士缓慢地通过边界，进入没有高楼大厦的埃里温时，并未意识到这是一座拥有百万人口的大城市。

事实上，亚美尼亚的国土面积不到三万平方公里，是独联体人口和国土面积最小的一个成员。不仅如此，我所见到的亚美尼亚人（尤其是妇女）也比高加索邻居略为小巧。留在我相机里的除了一位身材苗条的女店员和一位红衣老太太以外，还有三个背书包的清秀男孩，他们正走在上学的路上。与我在哈瓦那街头遇到并拍摄到的三个粗犷的男孩不同，他们可以用英语和我进行简单的对话，白皙的皮肤让我无法找出他们的民族特征。

埃里温离庞然大国土耳其的距离仅 20 公里，而海拔 5 300 多米高的大阿勒山就在两国的交界处（离伊朗边境也很近了）。因此，如果天气不是太糟，从埃里温城内的任何地方都可以看见那座神山，以及那山巅上的积雪。这座山峰及其传说为埃里温吸引了不少外国游客。此外，还有塞凡湖（Sevan Lake），它位于外高加索连绵的雪峰之间。沿湖有无数的教堂、古堡和十字架石，有着“高加索明镜”的美誉。

说来有意思，我在埃里温唯一的夜晚，经一位不相识的友人介绍，免费借宿在一位素不相识的单身女士家里，她的名字叫卡列尼娜，只会说亚美尼亚语和俄罗斯语。从我房间的窗口，可以清晰看见土耳其境内的大阿勒山。《圣经》里拯救人类的挪亚方舟（Noah's Ark）在大洪水之后就停泊在此山上，它在亚美尼亚人心目中是一座可望而不可即的神山，因为两国人民互不交往。

挪亚方舟是出自《创世记》中一个引人入胜的传说。由于偷

大阿勒山映衬下的埃里温

亚美尼亚油画《皇后回宫》（1909 年）

吃禁果，亚当和夏娃被逐出伊甸园。亚当活了 930 岁，他和夏娃的子孙无数，遍布整个大地。此后，该隐诛弟，揭开了人类相互残杀的序幕。上帝诅咒了土地，人们不得不付出艰辛的劳动才能果腹，因此怨恨与恶念日增。人们无休止地相互厮杀、争斗、掠夺，人世间的暴力和罪恶简直到了无以复加的地步。

上帝看到这一切，非常后悔造了人，对人类犯下的罪孽感到十分忧伤。上帝说："我要将所造的人、走兽、昆虫和空中的飞鸟都消灭。"但是他又舍不得把他的造物全部毁掉，他希望新一代的人和动物能够悔过自新，建立一个理想的世界。在罪孽深重的人群中，只有挪亚在上帝眼前蒙恩。上帝认为他是一个义人，很守本分。

埃里温少年

于是，上帝选中了挪亚一家：挪亚夫妇、三个儿子及其媳妇，作为新一代人类的种子保存下来。上帝告诉他们七天之后就要实施大毁灭，要他们用歌斐木造一只方舟，里外抹上松香，并规定了方舟尺寸。上帝看到方舟造好了，就说："看哪，我要使洪水在地上泛滥，毁灭天下，凡地上有血肉、有气息的活物无一不死。"于是，挪亚一家进入方舟，还按上帝的比例要求带上一些畜类和飞鸟。

我认识卡列尼娜是通过一位中国商人朋友，这位商人与我在网上认识的新华社驻外高加索的关记者是熟人，于是我在埃里温和第比利斯一样都没有住旅店。

我在亚美尼亚最难忘的一幕是在临别之时，那位商人朋友开

玛坦纳达兰图书馆

车送我去汽车站。当我们行进到拉兹丹河畔，突然从收音机里传来一阵激越的说话声，那是莫斯科电台的对外新闻广播，我们不得不停止说话专心聆听。我把这个感觉告诉了这位朋友，他回答说：“德语是说给敌人听的，法语是说给情人听的，俄语是说给所有人听的。”我同意他的说法。我还期待着有机会与在外高加索认识的几位朋友重聚。

而在返回第比利斯之后，我还专程前往一个叫哥里的小镇，那是斯大林的出生地，距离别斯兰更近了。故居纪念馆里的每一项都指向一个字——钱，无论门票，还是导游手册，甚至照相的权利也被保留着。幸好，我在巴士上遇到一位能说流利英语的女子，她带着两个小外甥做了我的向导。据她介绍，斯大林当权时，格鲁吉亚并未享受到任何好处，这使得故乡人民非常不满，以至于如今他们理所当然地利用斯大林这个资源。

没想到的是，整整四年以后，因为南奥塞梯的缘故，俄罗斯的坦克和军队开进了哥里（与南奥塞梯首府茨欣瓦利仅隔30公里），令格鲁吉亚和它的西方盟友猝不及防。虽然，几天以后俄军退出了此城，但莫斯科却公开承认南奥塞梯的独立，而格鲁吉亚则不得不宣布与俄罗斯断绝外交关系。这可能是北京奥运会期间发生的最有趣的插曲。时光流逝，普京仍大权在握，只不过由总统变成了总理（又变回了总统）。我很好奇，若是有一天，相邻的北、南奥塞梯要求建立同一个国家，莫斯科又将如何应对呢?

又过了八年，我的亚美尼亚文版诗集《幽居之歌》由埃里温的艺术出版社出版。从字体来看，有的像印刷体的阿拉伯文或希伯来语，只是更为清晰和更有结构，我的半身像出现在封底，书后还收有少作《数学家与诗人》，这已是此文的第六种语言了。至此，我选埃里温作为心仪的城市确信无疑。后来我了解道，亚美尼亚字母共38个，诞生于公元405年，比4世纪的阿拉伯字母略晚，比10世纪的西里尔字母早许多。有一项智力运动印证了亚美尼亚人的才智，2012年，亚美尼亚人第三次赢得国际象棋男子团体的世界冠军。

在以字母Y开头的名城中，我还游历过日本的横滨、英国的约克和克里米亚半岛的雅尔塔。横滨本是东京的外港，随着城市的扩大而与首都融为一体了。1994年秋天，我在从美国返回中国的旅途中，在日本逗留了五天，曾在横滨住过一个晚上。整洁的庭院、水花四溅的人造喷泉，还有宽阔的榻榻米，无时无刻不在提醒人们这里是日本。而日本人因为语言才能不足而崇敬会说流利英语的人，我也在这一天充分证实了这一点。我想起智利诗人聂鲁达，横滨是他外交官生涯首次旅行抵达的最远的地方。

说起约克，这座小城人口只有四万，但是，考虑到新世界最大的都会叫新约克（纽约），谁都不能忽视她。我在从剑桥前往爱丁堡的旅途中，在约克停留了三小时，沿着那古老的城墙漫步到旧城。约克的旧城小巧而迷人，却有一座宏伟的大教堂，在历史上，此地曾是英格兰北方的基督教中心。遗憾的是，很快我就探听到，约克郡所贡献的几位世界级文化名人[①]均与郡府约克无缘。

雅尔塔位于黑海之滨，在克里米亚半岛最南端，是度假和疗养胜地。我造访时，她尚属于乌克兰。那次我是从敖德萨去哈尔科夫途中，乘火车拐到克里米亚来的，火车开得慢悠悠，我在车厢里认识一位叫伊万的乌克兰青年，他身高接近一米九，是住在雅尔塔的俄罗斯人。愉快的交谈和对文学的共同爱好让我们很快成为朋友。到站以后，伊万陪我找到海滨的一家私人出租屋。

雅尔塔是俄罗斯人的最爱，包括普希金、托尔斯泰、高尔基在内的文人都来过。但在海滨，除了印有乌克兰小姐的大型广告

---

① 此处指探险家库克、流浪汉罗宾逊、作家勃朗特姐妹、诗人奥登和休斯、雕塑家摩尔。——作者注

牌以外，我只见到契诃夫和带狗的女人塑像。原来，契诃夫不仅曾来雅尔塔疗养，还写过一个名篇《带小狗的女人》，讲述了在雅尔塔度假的一位中年男子与一位年轻女子的邂逅和私情，故事延续到了莫斯科和伏尔加河畔的萨拉托夫。那时候，从雅尔塔到最近的火车站——辛菲罗波尔，需要坐一整天的马车。1960 年，这个故事被拍成电影，曾获戛纳电影节金棕榈奖提名。

有一天，伊万带我去郊外的沙皇行宫利瓦季亚。两层的白色小楼，与圣彼得堡的冬宫和夏宫无法相比，但却是决定“二战”以后世界格局的“雅尔塔会议”旧址。1945 年 2 月，罗斯福、丘吉尔和斯大林在此举行了为期一周的三巨头会晤。晚上伊万邀我去他家吃饭，我见到他的双亲、妹妹和女友，场面十分温馨难忘。十年以后，俄罗斯占领了克里米亚，全民公决的结果是多数人愿意回归俄罗斯。可是，伊万和他的家人虽是俄罗斯人，却希望留在乌克兰。后来，伊万离开了雅尔塔，在同为黑海之滨的乌克兰名城敖德萨找到了一份工作。

Z

苏黎世：富庶宜居的梦幻之城

Zurich

入选理由：一座说德语的城市，富裕而宁静，吸引了相对论的发明者爱因斯坦、《尤利西斯》的作者乔伊斯、后浪漫主义歌剧的革新者瓦格纳，以及达达主义的创立者们。

游历时间：2002 年春天、2007 年夏天、2008 年夏天。

候选城市：萨格勒布（Zagreb）。

以字母 Z 开头的城市极为少见，作为首都仅出现于 20 世纪 90 年代。随着“丝绒革命”的到来，前南斯拉夫四分五裂，其中老二克罗地亚独立后定都萨格勒布。这座城市在斯拉夫语里的发音具有十足的阳刚之气，不由让我想起克罗地亚人的运动才能，他们擅长足球、篮球、网球和田径等世界上最流行的体育项目。每逢重大比赛，和克罗地亚分在同一小组的西欧诸强不得不小心翼翼地对待。不仅如此，这个民族还喜欢阅读，2009 年秋天，我的斯拉夫语版诗集《在水边》在萨格勒布精装出版。

可是，说实话，在我抵达过的前南斯拉夫城市里，萨格勒布并不特别吸引人。论规模，她无法与塞尔维亚的首都贝尔格莱德相比；论美丽，她不及斯洛文尼亚的首都卢布尔雅那；论历史，她逊色于马其顿的首都斯科普里；论地理，黑山的波德戈里察更接近亚得里亚海；而论神秘感，那自然要数波黑首都萨拉热窝。更不要说放在欧洲或者世界范围内，因此，萨格勒布难以入选令我心仪的城市。幸好，在内陆的山地国家瑞士，还有一座以字母 Z 开头的迷人的城市。

在我游历瑞士共和国之前，就听说过这个盛产钟表并以银行业著称的国家的种种传闻，其中的一条就是：物价奇贵。而首当其冲的，要数第一大城市——苏黎世了。一段时间里，这座城市被描绘成欧洲乃至全世界最令背包族旅行者望而却步的城市，加上瑞士迟迟不肯加入申根组织（直到 2009 年）。因此，我也一直未将其列入旅行计划之内。不过，倒是经常看见苏黎世在世界各大报纸的天气预报栏中压轴。

2002 年春天，我来到法国东部的南锡大学访问，那本是一段难得安静的时光。这座城市是大数学家亨利·庞加莱的故乡，我访问的大学也曾以他的名字命名（如今因为与别的学校合并易名），同时她也是著名的布尔巴基学派的诞生地和我国数学家华罗庚唯一获得学位的地方（荣誉博士）。

在一个阳光明媚的早晨，我乘火车轻装出发，经过梅茨和斯特拉斯堡两次换车以后，沿着莱茵河的左岸前往瑞士。在火车驶离南锡车站的那一瞬间，我内心的喜悦便借助对面一位女乘客的装束表现出来了。我写了一首冠名《旅行》的诗歌，开头几行是这样的：

当裙裾像马匹一样跃上蓝天
鞋跟轻捷犹如一双蹄子
围巾穿透云层
缠住大雁的颈项
……

到达苏黎世以后，我便被接到喜来登酒店。那是我第一次下榻五星级酒店。从外表上看，这家酒店一点也不奢华，只是面朝一片长满青草的山坡，且时不时可以听到奶牛发出的哞哞叫唤声。多年以后我到访英国剑桥，得知早年国王学院的教授们也有一个古怪的小要求，即希望看到剑河对面的草坪上有奶牛，于是，那些奶牛一直养到今天。

一只乌鸦飞翔着消失在远处的密林里，我住的房间是山景房，间或可见散步者沿着一条隐没在草丛中的小路缓缓走过。这样的风景确实难得，与后来我在香港维多利亚海港下榻的那家奢华的洲际酒店相比毫不逊色，各有千秋。作为我的德文翻译，布加特和他的夫人乔安娜也被邀请来了。我忽然想到应该与更多的人分享，于是给远在巴黎的一位厨艺精湛的朋友发了一封邮件，本来只是想吊吊他的胃口，没想到这位朋友居然当日就乘坐“欧洲之星”赶到了苏黎世。如此一来，出席诗歌节的诗人们便产生了各种联想，好在布加特了解我的性取向。

现在我必须要提一下这个诗歌节的主办人——伊拉克诗人阿里。虽然他移居苏黎世已经很多年了，并娶了一位瑞士作家做太太，仍然密切关注伊拉克的时局，那会儿“9·11”事件刚发生半年多，伊拉克战争尚未打响。阿里早年因为反对萨达姆的独裁统治而成为流亡诗人，他已经很多年没回故乡了。被邀请的诗人大多来自阿拉伯国家，以地中海沿岸居多，当然，也有一些德语诗人，其中有几位来自柏林和维也纳。

五年以后，我应瑞士艺术协会（Pro Helvetia）的邀请两度重返苏黎世，蒙阿里夫妇相邀再度相聚并共进晚餐。席间我问起伊拉克的现状，阿里仍然摇头，那会儿他已经回国多次了，几乎每年回去。看来要找一个赞成美国出兵伊拉克的诗人，还真不容易。那次阿里的太太身怀六甲，她已经45岁，此前从未生过孩子，我不禁为她担忧起来。万一她发生什么状况，阿里的诗歌节还能办得下去吗？他的太太可是他的财务总管。

很久以后，我才知道我的担心有些多余。因为那会儿阿里夫妇已经劳燕分飞，“阿里的太太”怀的是别人的孩子，他们是为了见我这个老朋友才临时聚在一起的。2014 年初春，我应邀到巴格达参加阿拉伯文化之都庆典的闭幕式，那时阿里也已回到伊拉克，我们通了电话，他告诉我那段时间他在巴比伦，同时警告我不要前去看望，因为路上十分危险。

苏黎世诗歌节的朗诵是在一座清真寺里，那也是瑞士阿拉伯协会所在地。这是我第一次在欧洲朗诵诗歌，那时我绝没有想到，从此以后，几乎每年我都要来欧洲一两次，有时甚至三次。我先用汉语朗诵，再由一位阿拉伯诗人和一位瑞士演员分别用阿拉伯语和德语朗诵。这样一来，我在苏黎世有了一个庞大的团队，除了巴黎来的一名专职听众以外，还有两名德语翻译、两名阿拉伯语翻译（阿里夫妇）和两名朗诵者。

相比之下，我的第二次苏黎世之行显得更为轻松，且下榻在友人托马斯家里。那会儿我正在洛桑附近的拉芬尼庄园，享受着一个作家所能享受的最舒适的假期。有一天，我乘火车去了瑞士艺术协会做客，途中借着换车游历了三座美丽的城市：洛桑、伯尔尼和卢塞恩。托马斯骑着摩托在车站迎接，在暮色降临之际，先带我重访了乔伊斯墓地。巧合的是，与托马斯家仅一街之隔的大学路，坐落着乔伊斯开始创作《尤利西斯》的居所。

作为瑞士艺术协会对外联络部主任，托马斯经常到他们赞助的文学活动项目观摩，我们也因此得以在南非举办的非洲诗

乔伊斯之墓

歌节上相识，那是 2003 年。后来我们便成了好朋友。

在我出发去苏黎世之前，托马斯打电话问我是愿意住宾馆，还是住他家。我选择了他家，认识了他的夫人芭芭拉、远嫁意大利的小姨，还有一对年幼的儿女，而上中学的老大利亚参加夏令营去了。我从她打给父亲的电话里获得灵感，写了一首《致利亚》，诗中描述了时空交错、思念之情和将来我们见面的可能性。

没想到的是，仅仅过了一年，我又有机会来苏黎世，那次我是作为“中瑞艺术交流项目”评委下榻比尔湖畔。任务完成以后，我与同样担任评委的华裔指挥家、格莱美奖得主汤沐海先生一起乘火车返回苏黎世。汤指挥出生在上海，上海音乐学院毕业后留学慕尼黑，曾随指挥大师卡拉扬在柏林学习两年。后来到美国，又曾在小泽征尔的指导下担任指挥。那时，他正受聘苏黎世室内乐团首席指挥。到站以后，汤指挥偕同韩国太太和爱女回湖畔家中，我则又一次被托马斯接走。

多年以后，我才偶然发现，汤沐海的父亲汤晓丹就是拍摄过我孩童时最爱看的两部电影《南征北战》和《渡江侦察记》的导演。这两部影片对我的影响极大，因为除了公路追击战以外，还有军官在指挥作战时摊开的地图。这促使我爱上手绘地图，后者帮助我记录下自己童年至今的所有旅行。而汤导的童年，则随家人侨居在印度尼西亚，他老人家活到了 2012 年，享年 103 岁。

那次我住在市中心一家旅店，翌日托马斯带我去北部小城沙夫豪森的莱茵河边垂钓，对岸便是德国的巴登・符腾堡州。我的战利品除了鱼以外，还有拍摄到的下河遛马的两位女骑手。那两匹马儿下水初时兴奋异常，不断用蹄子踢踏，水花四溅，两位女兵也因此神情饱满。那次旅行让我享受到日落时分返回苏黎世的感受，似乎有一种回家的感觉，稍后，便已华灯初上。

在我看来，一座城市能让本地人引以为傲还比较容易，但如果能把异乡人吸引过来度过余生，尤其他或她还是一位成就非凡的人士，那就一定有着特殊的魅力了。詹姆斯・乔伊斯是爱尔兰人，被公认为是 20 世纪最伟大的英语作家，年轻时他曾在苏黎世生活过，他喜欢这里的富庶、宁静和不被打扰。在声望日隆的暮年，乔伊斯偕妻子再次迁居苏黎世，并在此谢世。

夜晚的苏黎世

多年以后，用德语写作的英国作家、诺贝尔奖得主艾里亚斯·卡内蒂也迁居苏黎世，他年轻时与乔伊斯有过一面之交，因为仰慕乔伊斯而让自己的墓与之毗邻。在此之前，另一位诺贝尔奖得主、20世纪德国最伟大的作家托马斯·曼也下葬在苏黎世，他比乔伊斯还年长七岁，但比较长寿。虽然托马斯·曼出生并成长于德国，后来又加入了美国籍，但在晚年迁居到苏黎世郊外。

除了作家们以外，我必须要说说19世纪的德国音乐家威廉·理查德·瓦格纳了，他开启并引导了后浪漫主义歌剧作曲潮流。瓦格纳出身于音乐之都莱比锡一个爱好艺术的警官家庭，不到半岁父亲便去世了，母亲改嫁给一位戏剧演员并迁居德累斯顿。他从继父那里受到了很好的音乐启蒙，后来决心献身艺术。他成名后因参与资产阶级革命而不得不流亡瑞士，来到了苏黎世，在此度过了九年时光。

在苏黎世，瓦格纳遇见了富有的丝绸商人威森东克夫妇，他们成为他的资助人，出资为他举办“苏黎世音乐节”，让他和妻子外出度假，甚至买了邻居家的房子供瓦格纳居住。他在给音乐家李斯特的信中写道：“写字台放置在一个宽大的窗子前，窗外可以看见湖水和阿尔卑斯山，真是太美了！”在威森东克太太玛蒂德的友情和爱情激励下，瓦格纳完成了歌剧《特里斯坦和伊索尔德》，最后他因给她的信函被妻子发现而尴尬地离开了瑞士。

班霍夫大街一景

写到这里，我应该谈点苏黎世的风景了。这座城市依傍着同名的湖泊，美丽的湖面看起来不是特别宽，才 4 公里，但却无法兜圈，因为纵深将近 40 公里，而深度有的地方达 140 多米。湖北岸是富人区，号称“金岸”，南岸叫“银岸”。有一条叫利马特的小河从湖中伸出，贯穿了全城。面对此情此景，有时会让游人误以为是在日内瓦，但苏黎世湖没有大喷泉。河湖的连接处叫布尔克利广场，那里是全球闻名的金融中心——班霍夫大街的起点。

班霍夫大街全长不过 1400 米，既是“欧洲的华尔街”，遍布世界各大银行，同时又是诸多名牌时装、首饰、钟表等商品的总部，常有人飞越半个地球来此花费一个下午疯狂购物。如果对购物不感兴趣的话，可以再沿着大街快速往南走，左边有一条奥古

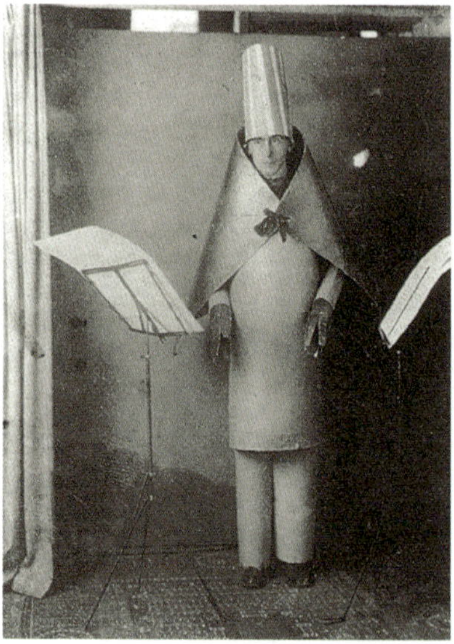

1916 年，伏尔泰酒吧老板雨果· 巴尔宣布酒吧开张

2016 年，伏尔泰酒吧的一场朗诵会

斯汀小径，尽头便是建于853年的圣彼得大教堂。教堂顶端的钟，直径将近9米，不仅是这个钟表王国，也是欧洲最大的一面钟。加上教堂前面小广场上的古树、花台、鸽子、游人，一起营造出一种浪漫的气氛，不少名流愿意选择在此举行婚礼。

在圣彼得大教堂周围，有许多石板路面的小径，四通八达，其中往北的一条小道，通向晚期罗马的一个堡垒——林登霍夫山丘，那里是苏黎世的发祥地。从那个栽满菩提树的山丘可以俯瞰并眺望利马特河和对岸旧城区的美丽风景，还有苏黎世联邦工业大学、苏黎世大学等大型建筑群，那是物理学家爱因斯坦早年就学和工作过的地方。让我感到特别亲切的是，苏黎世还是20世纪初期的先锋派艺术——达达主义的诞生地，那是在1916年，在一家名叫伏尔泰的酒吧。翌年，即1917年，《达达主义艺术》正式创刊。至今，酒吧仍不时举办诗歌朗诵会。

后　记

历史学家和考古学家认为，早期的城市出现在美索不达米亚、印度河河谷、黄河流域和尼罗河畔。希腊人创立了城邦，使得人类有了早期的文化和艺术生活。罗马人在修筑水道和铺路方面很有才干，这些技术随着他们的征服而普及整个欧洲和环地中海。我有幸到过这些早期的文明发祥地。

本书每座城市的写作篇幅原先只有1500字左右，后来扩充为3000字，先后选载过的媒体有上海《周末画报》、深圳《晶报》、“腾讯·大家”和北京《地图》杂志，后者还配了地图。此番成书时，每篇又扩容到5000字以上，这得益于年复一年的旅行积累。其中，A、J、K三城写成后易主，原先的入选城市分别是雅典、约翰内斯堡和哥本哈根。

在我游历过且愿意推荐给读者的城市里，以B、M和S这三个字母开头的最多，各自有20多座候选城市，而有的字母开头的城市的候选只有一两个。正选的26座城市里，欧洲12座，几乎占了一半；其次是亚洲，有8座，然后是美洲5座、非洲1座，大洋洲空缺，不过悉尼和奥克兰均在候选城市之列。而本书面世之时，本人正在澳洲旅行，与上一次相隔了十八年时光。

旅途中自然有巧遇。抵达特拉维夫和乌兰巴托时，刚好分别建城一百和八百周年，到巴格达和塞维利亚大学恰逢“阿拉伯文化之都”庆典和建校五百周年，首次探访香榭丽舍大街时又碰上环法自行车抵达终点，而新近抵达曼哈顿时恰遇纽约马拉松日。此外，我也曾游历不同国家的同名城市，如西班牙和尼加拉瓜的格拉纳达、美国和墨西哥的蒙特雷、美国和德国的汉诺威。

本书注定留有遗憾，因为生活和人生仍在继续，不断有新的甚或更喜爱的城市出现在前方，也不断有新的体验和画面呈现在未来。更让人遗憾的是，书中写到或照片（大多为本人拍摄）中的有些人物已经过世，我无法告知他（她）们本书的出版，谨此纪念。

蔡天新

2018 年秋天，爱荷华城

2019 年夏天，杭州改定